El Extranjero

El extranjero

Albert Camus

El Extranjero

Traducción de Bonifacio del Carril

emecé

Obra editada en colaboración con Grupo Planeta – Argentina

Título original: *L'etranger*

Albert Camus
© 1942, Editions Gallimard

Traducción: Bonifacio del Carril
Diseño de portada: Mario Blanco

© 1949, 2006, Emecé Editores S.A. – Buenos Aires, Argentina

© 2012, Editorial Planeta Mexicana, S.A. de C.V.
Bajo el sello editorial EMECÉ M.R.
Avenida Presidente Masarik núm. 111,
Piso 2, Polanco V Sección, Miguel Hidalgo
C.P. 11560, Ciudad de México
www.planetadelibros.com.mx

87ª edición. Primera edición en este formato impresa en Argentina:
junio de 2006
ISBN-13: 978-950-04-2777-7
ISBN-10: 950-04-2777-X

Primera edición impresa en México en esta presentación: abril de 2012
Décima segunda reimpresión: julio de 2023
ISBN: 978-607-07-1107-7

Impreso en los talleres de Impregráfica Digital, S.A. de C.V.
Av. Coyoacán 100-D, Valle Norte, Benito Juárez
Ciudad De Mexico, C.P. 03103
Impreso y hecho en México - *Printed and made in Mexico*

El Extranjero

El Extranjero

PRIMERA PARTE

I

Hoy ha muerto mamá. O quizás ayer. No lo sé. Recibí un telegrama del asilo: "Falleció su madre. Entierro mañana. Sentidas condolencias". Pero no quiere decir nada. Quizá haya sido ayer.

El asilo de ancianos está en Marengo, a ochenta kilómetros de Argel. Tomaré el autobús a las dos y llegaré por la tarde. De esa manera podré velarla, y regresaré mañana por la noche. Pedí dos días de licencia a mi patrón y no pudo negármelos ante una excusa semejante. Pero no parecía satisfecho. Llegué a decirle: "No es culpa mía". No me respondió. Pensé entonces que no debía haberle dicho esto. Al fin y al cabo, no tenía por qué excusarme. Más bien le correspon-

11

día a él presentarme las condolencias. Pero lo hará sin duda pasado mañana, cuando me vea de luto. Por ahora, es un poco como si mamá no estuviera muerta. Después del entierro, por el contrario, será un asunto archivado y todo habrá adquirido aspecto más oficial.

Tomé el autobús a las dos. Hacía mucho calor. Comí en el restaurante de Celeste, como de costumbre. Todos se condolieron mucho de mí, y Celeste me dijo: "Madre hay una sola". Cuando partí, me acompañaron hasta la puerta. Me sentía un poco aturdido pues fue necesario que subiera hasta la habitación de Manuel para pedirle prestados una corbata negra y un brazal. Él perdió a su tío hace unos meses.

Corrí para alcanzar el autobús. Me sentí adormecido sin duda por la prisa y la carrera, añadidas a los barquinazos, al olor a gasolina y a la reverberación del camino y del cielo. Dormí casi todo el trayecto. Y cuando desperté, estaba apoyado contra un militar que me sonrió y me preguntó si venía de lejos. Dije "sí" para no tener que hablar más.

El asilo está a dos kilómetros del pueblo. Hice el camino a pie. Quise ver a mamá en seguida. Pero el portero me dijo que era necesario ver antes al director. Como estaba ocupado, esperé un poco. Mientras tanto, el portero me estuvo hablando, y en seguida vi al director. Me recibió en su despacho. Era un viejecito condecorado con la Legión de Honor. Me miró con sus ojos claros. Después me estrechó la mano y la retuvo tanto tiempo que yo no sabía cómo retirarla. Consultó un legajo y me dijo: "La señora de Meursault entró aquí hace tres años. Usted era su único sostén". Creí que me reprochaba alguna cosa y empecé a darle explicaciones. Pero me interrumpió: "No tiene usted por qué justificarse, hijo mío. He leído el legajo de su madre. Usted no podía subvenir a sus necesidades. Ella necesitaba una enfermera. Su salario es modesto. Y, al fin de cuentas, era más feliz aquí". Dije: "Sí, señor director". Él agregó: "Sabe usted, aquí tenía amigos, personas de su edad. Podía compartir recuerdos de otros tiempos. Usted es joven y ella debía de aburrirse con usted".

Era verdad. Cuando mamá estaba en casa pasaba el tiempo en silencio, siguiéndome con la mirada. Durante los primeros días que estuvo en el asilo lloraba a menudo. Pero era por la fuerza de la costumbre. Al cabo de unos meses habría llorado si se la hubiera retirado del asilo. Siempre por la fuerza de la costumbre. Un poco por eso en el último año casi no fui a verla. Y también porque me quitaba el domingo, sin contar el esfuerzo de ir hasta el autobús, comprar los billetes y hacer dos horas de camino. El director me habló aún. Pero casi no lo escuchaba. Luego me dijo: "Supongo que usted quiere ver a su madre". Me levanté sin decir nada, y salió delante de mí. En la escalera me explicó: "La hemos llevado a nuestro pequeño depósito. Para no impresionar a los otros. Cada vez que un pensionista muere, los otros se sienten nerviosos durante dos o tres días. Y dificulta el servicio". Atravesamos un patio en donde había muchos ancianos, charlando en pequeños grupos. Callaban cuando pasábamos. Y reanudaban las conversaciones detrás de nosotros. Hubiérase dicho un sordo parloteo de cotorras. En la puerta de un pequeño edificio el director me abandonó: "Lo dejo a usted, señor Meursault. Estoy a su disposición en mi despacho. En principio, el entierro está fijado para las diez de la mañana. Hemos pensado que así podría usted velar a la difunta. Una última palabra: según parece, su madre expresó a menudo a sus compañeros el deseo de ser enterrada religiosamente. He tomado a mi cargo hacer lo necesario. Pero quería informar a usted". Le di las gracias. Mamá, sin ser atea, jamás había pensado en la religión mientras vivió.

Entré. Era una sala muy clara, blanqueada a la cal, con techo de vidrio. Estaba amueblada con sillas y caballetes en forma de X. En el centro de la sala, dos caballetes sostenían un féretro cerrado con la tapa. Sólo se veían los tornillos relucientes, hundidos apenas, destacándose sobre las tapas pintadas de nogalina. Junto al féretro estaba una enfermera árabe, con blusa blanca y un pañuelo de color vivo en la cabeza. En ese momento el portero entró detrás de mí. Debió de haber corrido. Tartamudeó un poco: "La hemos tapado, pero voy a destornillar el cajón para que usted pueda verla". Se aproximaba al féretro cuando lo paré. Me dijo: "¿No quiere usted?". Respondí: "No". Se detuvo, y yo estaba molesto porque sentía que no debí haber dicho eso. Al cabo de un instante me miró y me preguntó: "¿Por qué?", pero sin reproche, como si estuviera informándose. Dije: "No sé". Entonces, retorciendo el bigote blanco, declaró, sin mirarme: "Comprendo". Tenía ojos hermosos, azul claro, y la tez un poco roja. Me dio una silla y se sentó también, un poco a mis espaldas. La enfermera se levantó y se dirigió hacia la salida. El portero me dijo: "Tiene un chancro". Como no comprendía, miré a la enfermera y vi que llevaba, por debajo de los ojos, una venda que le rodeaba la cabeza. A la altura de la nariz la venda estaba chata. En su rostro sólo se veía la blancura del vendaje.

Cuando hubo salido, el portero habló: "Lo voy a dejar solo". No sé qué ademán hice, pero se quedó, de pie detrás de mí. Su presencia a mis espaldas me molestaba. Llenaba la habitación una hermosa luz de media tarde. Dos abejorros zumbaban contra el techo de vidrio. Y sentía que el sueño se apoderaba de mí. Sin volverme hacia él, dije al portero: "¿Hace mucho tiempo que está usted aquí?". Inmediatamente respondió: "Cinco años", como si siempre hubiese esperado mi pregunta.

Charló mucho en seguida. Se habría quedado muy asombrado si alguien le hubiera dicho que acabaría de portero en el asilo de Marengo. Tenía sesenta y cuatro años y era parisiense. Lo interrumpí en ese momento: "¡Ah! ¿Usted no es de aquí?". Luego recordé que antes de llevarme a ver al director me había hablado de mamá. Me había dicho que era necesario enterrarla cuanto antes porque en la llanura hacía calor, sobre todo en esta región. Entonces me había informado que había vivido en París y que le costaba mucho olvidarlo. En París se retiene al muerto tres, a veces cuatro días. Aquí no hay tiempo; todavía no se ha hecho uno a la idea cuando hay que salir corriendo detrás del coche fúnebre. Su mujer le había dicho: "Cállate, no son cosas para contarle al señor". El viejo había enrojecido y había pedido disculpas. Yo intervine para decir: "Pero no, pero no...". Me pareció que lo que contaba era apropiado e interesante. En el pequeño depósito me enteró de que había entrado al asilo como indigente. Como se sentía válido, se había ofrecido para el puesto de portero. Le hice notar que en resumidas cuentas era pensionista. Me dijo que no. Ya me había llamado la atención la manera que tenía de decir: "ellos", "los otros" y, más raramente, "los viejos", al hablar de los pensionistas, algunos de los cuales no tenían más edad que él. Pero, naturalmente, no era la misma cosa. Él era portero y, en cierta medida, tenía derechos sobre ellos.

La enfermera entró en ese momento. La tarde había caído bruscamente. La noche habíase espesado muy rápidamente sobre el vidrio del techo. El portero oprimió el tablero y quedé cegado por el repentino resplandor de la luz. Me invitó a dirigirme al refectorio para cenar. Pero no tenía hambre. Me ofreció entonces traerme una taza de café con leche. Como me gusta mucho el café con leche, acepté, y un momento después regresó con una bandeja. Bebí. Tuve deseos de fumar. Pero dudé, porque no sabía si podía hacerlo delante de mamá. Reflexioné. No tenía importancia alguna. Ofrecí un cigarrillo al portero y fumamos.

En un momento dado me dijo: "Sabe usted, los amigos de su señora madre van a venir a velarla también. Es la costumbre. Tengo que ir a buscar sillas y café negro". Le pregunté si se podía apagar una de las lámparas. El resplandor de la luz contra las paredes blancas me fatigaba. Me dijo que no era posible. La instalación estaba hecha así: o todo o nada. Después no le presté mucha atención. Salió, volvió, dispuso las sillas. Sobre una de ellas apiló tazas en torno de una cafetera. Luego se sentó enfrente de mí, del otro lado de mamá. También estaba la enfermera, en el fondo, vuelta de espaldas. Yo no veía lo que hacía. Pero por el movimiento de los brazos me pareció que tejía. La temperatura era agradable, el café me había recalentado y por la puerta abierta entraba el aroma de la noche y de las flores. Creo que dormité un poco.

Me despertó un roce. Como había tenido los ojos cerrados, la habitación me pareció aún más deslumbrante de blancura. Delante de mí no había ni la más mínima sombra, y cada ob-

jeto, cada ángulo, todas las curvas, se dibuja-
ban con una pureza que hería los ojos. En ese
momento entraron los amigos de mamá. Eran
una decena en total, y se deslizaban en silencio
en medio de aquella luz enceguecedora. Se sen-
taron sin que crujiera una silla. Los veía como
no he visto a nadie jamás, y ni un detalle de los
rostros o de los trajes se me escapaba. Sin embargo, no los oía y me costaba creer en su realidad. Casi todas las mujeres llevaban delantal, y
el cordón que les ceñía la cintura hacía resaltar
aún más sus abultados vientres. Nunca había
notado hasta qué punto podían tener vientre las
mujeres ancianas. Casi todos los hombres eran
flaquísimos y llevaban bastón. Me llamaba la
atención no ver los ojos en los rostros, sino solamente un resplandor sin brillo en medio de un
nido de arrugas. Cuando se hubieron sentado,
casi todos me miraron e inclinaron la cabeza con
molestia, los labios sumidos en la boca desden-
tada, sin que pudiera saber si me saludaban o
si se trataba de un tic. Creo más bien que me saludaban. Advertí en ese momento que estaban
todos cabeceando, sentados enfrente de mí, en
torno del portero. Por un momento tuve la ridícula impresión de que estaban allí para juz-
garme.

Poco después una de las mujeres se echó a llorar. Estaba en segunda fila, oculta por una de sus compañeras, y no la veía bien. Lloraba con pequeños gritos, regularmente; me parecía que no se detendría jamás. Los demás parecían no oírla. Se mostraban abatidos, tristes y silenciosos. Miraban el féretro o a sus bastones, o a cualquier cosa, pero no miraban nada más. La mujer seguía llorando. Yo estaba muy asombrado porque no la conocía. Hubiera querido no oírla más. Sin embargo, no me atrevía a decírselo. El portero se inclinó hacia ella y le habló, pero sacudió la cabeza, murmuró algo, y continuó llorando con la misma regularidad. El portero vino entonces hacia mi lado. Se sentó cerca de mí. Después de un rato bastante largo me informó sin mirarme: "Estaba muy unida con su señora madre. Dice que era su única amiga aquí y que ahora ya no le queda nadie".

Quedamos un largo rato así. Los suspiros y los sollozos de la mujer se hicieron más raros. Sorbía mucho, luego calló por fin. Yo no tenía más sueño, pero me sentía fatigado y me dolía la cintura. Ahora me resultaba penoso el silencio de toda esa gente. Sólo de vez en cuando oía un ruido singular y no podía comprender qué era. A la larga acabé por adivinar que algunos de los ancianos chupaban el interior de las mejillas y dejaban escapar unos raros chasquidos. Tan absortos estaban en sus pensamientos que ni se daban cuenta. Tenía la impresión de que aquella muerta, acostada en medio de ellos, no significaba nada ante sus ojos. Pero ahora creo que era una impresión falsa.

Todos tomamos café, servido por el portero. Después, no sé más. La noche pasó. Recuerdo que en cierto momento abrí los ojos y vi que los ancianos dormían amontonados, excepto uno que me miraba fijamente, con la barbilla apoyada en el dorso de las manos aferradas al bastón, como si no esperase sino mi despertar. Luego volví a dormirme. Me desperté porque cada vez me dolía más la cintura. El día resbalaba sobre el techo de vidrio. Poco después uno de los ancianos se despertó, y tosió mucho. Escupía en un gran pañuelo a cuadros y cada una de las escupidas era como un desgarramiento. Despertó a los demás, y el portero dijo que debían marcharse. Se levantaron. La incómoda velada les había dejado los rostros de color ceniza. Al salir, con gran asombro mío, todos me estrecharon la mano, como si esa noche durante la cual no cambiamos una palabra hubiese acrecentado nuestra intimidad.

Estaba fatigado. El portero me condujo a su habitación y pude arreglarme un poco. Tomé café con leche, que estaba muy bueno. Cuando salí era completamente de día. Sobre las colinas que separan a Marengo del mar, el cielo estaba arrebolado. Y el viento traía olor a sal. Se preparaba un hermoso día. Hacía mucho que no iba al campo y sentía el placer que habría tenido en pasearme de no haber sido por mamá. Pero esperé en el patio, debajo de un plátano. Aspiraba el olor de la tierra fresca y no tenía más sueño. Pensé en los compañeros de oficina. A esta hora se levantaban para ir al trabajo; para mí era siempre la hora más difícil. Reflexioné un momento sobre esas cosas, pero me distrajo una campana que sonaba en el interior de los edificios. Hubo movimientos detrás de las ventanas; luego, todo quedó en calma. El sol estaba algo más alto en el cielo; comenzaba a calentarme los pies. El portero cruzó el patio y me dijo que el director me llamaba. Fui a su despacho. Me hizo firmar cierta cantidad de documentos. Vi que estaba vestido de negro con pantalón a rayas. Tomó el teléfono y me interpeló: "Los empleados de pompas fúnebres han llegado hace un momento. Voy a pedirles que vengan a cerrar el féretro. ¿Quiere usted ver antes a su madre por última vez?". Dije que no. Ordenó por teléfono, bajando la voz: "Figeac, diga usted a los hombres que pueden ir". En seguida me dijo que asistiría al entierro y le di las gracias. Se sentó ante el escritorio y cruzó las pequeñas piernas. Me advirtió que yo y él estaríamos solos, con la enfermera de servicio. En principio los pensionistas no debían de asistir a los entierros. Él sólo les permitía velar. "Es cuestión de humanidad", señaló. Pero en este caso había autorizado a seguir el cortejo a un viejo amigo de mamá: "Tomás Pérez". Aquí el director sonrió. Me dijo: "Comprende usted, es un sentimiento un poco pueril. Pero él y su madre casi no se separaban. En el asilo les hacían bromas; le decían a Pérez: 'Es su novia'. Pérez reía. Aquello les complacía. La muerte de la señora de Meursault le ha afectado mucho. Creí que no debía de negarle la autorización. Pero le prohibí velarla ayer, por consejo del médico visitador".

Quedamos silenciosos bastante tiempo. El director se levantó y miró por la ventana del despacho. Después de un momento observó: "Ahí está el cura de Marengo. Viene antes de hora". Me advirtió que llevaría tres cuartos de hora de marcha, por lo menos, llegar a la iglesia, que se halla en el pueblo mismo. Bajamos. Delante del edificio estaban el cura y dos monaguillos. Uno de éstos tenía el incensario, y el sacerdote se inclinaba hacia él para regular el largo de la cadena de plata. Cuando llegamos, el sacerdote se incorporó. Me llamó "hijo mío" y me dijo algunas palabras. Entró; yo le seguí. Vi de una ojeada que los tornillos del féretro estaban hundidos y que había cuatro hombres negros en la habitación. Oí al mismo tiempo al director decirme que el coche esperaba en la calle y al sacerdote comenzar las oraciones. A partir de ese momento todo se desarrolló muy rápidamente. Los hombres avanzaron hacia el féretro con un lienzo. El sacerdote, sus acompañantes, el director y yo salimos. Delante de la puerta estaba una señora que no conocía. "El señor Meursault", dijo el director. No oí el nombre de la señora y comprendí solamente que era la enfermera delegada. Inclinó sin una sonrisa el rostro huesudo y largo. Luego nos apartamos para dejar pasar el cuerpo. Seguimos a los hombres que lo llevaban y salimos del asilo. Delante de la puerta estaba el coche. Lustroso, oblongo y brillante, hacía pensar en una caja de lápices. A su lado estaban el empleado de la funeraria, hombrecillo de traje ridículo, y un anciano de aspecto tímido. Comprendí que era Pérez. Llevaba un fieltro blando de copa redonda y alas anchas (se lo quitó cuando el féretro pasó por la puerta), un traje cuyo pantalón se arrollaba sobre los zapatos, y un lazo de género negro demasiado pequeño para la camisa de cuello blanco grande. Los labios le temblaban bajo la nariz mechada de puntos negros. Los cabellos blancos, bastante finos, dejaban pasar unas curiosas orejas, colgantes y mal orladas, cuyo color rojo sangre me sorprendió en aquella pálida fisonomía. El hombre de la funeraria nos indicó nuestros lugares. El sacerdote caminaba adelante; luego, el coche; en torno de él, los cuatro hombres. Detrás, el director, yo y, cerrando la marcha, la enfermera delegada y Pérez.

El cielo estaba lleno de sol. Comenzaba a pesar sobre la tierra y el calor aumentaba rápidamente. No sé por qué habíamos esperado tanto tiempo antes de ponernos en marcha. Tenía calor con mi traje oscuro. El viejecito, que se había cubierto, se quitó nuevamente el sombrero. Me había vuelto un poco hacia su lado y lo miraba cuando el director me habló de él. Me dijo que a menudo mi madre y Pérez iban a pasear por la tarde hasta el pueblo, acompañados por una enfermera. Miré el campo a mi alrededor. A través de las líneas de cipreses que aproximaban las colinas al cielo, de aquella tierra rojiza y verde, de aquellas casas, pocas y bien dibujadas, comprendía a mi madre. La tarde, en esta región, debía de ser como una tregua melancólica. Hoy, el sol desbordante que hacía estremecer el paisaje, lo tornaba inhumano y deprimente. Nos pusimos en marcha. En ese momento noté que Pérez renqueaba ligeramente. Poco a poco el coche tomaba velocidad y el anciano perdía terreno. Uno de los hombres se había dejado pasar y caminaba ahora a mi altura. Me sorprendía la rapidez con que el sol se elevaba en el cielo. Advertí que hacía ya tiempo que el campo resonaba con el canto de los insectos y el crujir de la hierba. El sudor me corría por las mejillas. Como no tenía sombrero, me abanicaba con el pañuelo. El empleado de pompas fúnebres me dijo entonces algo que no oí. Al mismo tiempo se enjugaba el cráneo con un pañuelo que tenía en la mano izquierda, mientras que con la derecha levantaba el borde de la gorra. Le dije: "¿Cómo?". Repitió señalando el cielo: "Está sofocante". Dije: "Sí". Poco después me preguntó: "¿Es su madre la que va ahí?". Otra vez dije: "Sí". "¿Era vieja?" Respondí: "Más o menos", pues no sabía la cifra exacta. En seguida se calló. Me di vuelta y vi al viejo Pérez a unos cincuenta metros detrás de nosotros. Se apresuraba columpiando el sombrero al vaivén del brazo. Miré también al director. Caminaba con mucha dignidad, sin un gesto inútil. Algunas gotas de sudor le perlaban la frente, pero no las enjugaba. Me pareció que el cortejo marchaba un poco más aprisa. A mi alrededor continuaba siempre el mismo campo luminoso, colmado de sol. El resplandor del cielo era insostenible. En un momento dado pasamos por una parte del camino que había sido arreglada recientemente. El sol había hecho estallar el alquitrán. Los pies se hundían en él y dejaban abierta su carne brillante. Por encima del coche, la galera luciente del cochero parecía haber sido amasada con ese fango negro. Yo estaba un poco perdido entre el cielo azul y blanco y la monotonía de aquellos colores; negro viscoso del alquitrán abierto, negro opaco de las ropas, negro lustroso del coche. Todo esto, el sol, el olor del cuero y del estiércol del coche, el del barniz y el del incienso, y la fatiga de una noche de insomnio, me turbaba la mirada y las ideas. Me volví una vez más: Pérez me pareció muy lejos, perdido en una nube de calor; luego, no lo divisé más. Lo busqué con la mirada y vi que había dejado el camino y tomado a campo traviesa. Comprobé también que el camino doblaba delante de mí. Comprendí que Pérez, que conocía la región, cortaba campo para alcanzarnos. Al dar la vuelta se nos había reunido. Luego lo perdimos. Volvió a tomar a campo traviesa, y así varias veces. Yo sentía la sangre que me golpeaba en las sienes.

Todo ocurrió en seguida con tanta precipitación, certidumbre y naturalidad, que no recuerdo nada más. Sólo una cosa: a la entrada del pueblo la enfermera delegada me habló. Tenía una voz singular, que no correspondía a su rostro; una voz melodiosa y trémula. Me dijo: "Si uno anda despacio, corre el riesgo de una insolación. Pero si anda demasiado aprisa, transpira y, en la iglesia, pesca un resfriado". Tenía razón. No había escapatoria. Todavía retengo algunas imágenes de aquel día: por ejemplo, el rostro de Pérez cuando se nos reunió cerca del pueblo por última vez. Gruesas lágrimas de nerviosidad y de pena le chorreaban por las mejillas. Pero las arrugas no las dejaban caer. Se extendían, se juntaban y formaban un barniz de agua sobre el rostro marchito. Hubo también la iglesia y los aldeanos en las aceras, los geranios rojos en las tumbas del cementerio, el desvanecimiento de Pérez (habríase dicho un títere dislocado), la tierra color de sangre que rodaba sobre el féretro de mamá, la carne blanca de las raíces que se mezclaban, gente aún, voces, el pueblo, la espera delante de un café, el incesante ronquido del motor, y mi alegría cuando el autobús entró en el nido de luces de Argel y pensé que iba a acostarme y a dormir durante doce horas.

II

Cuando me desperté comprendí por qué el patrón tenía aspecto descontento cuando le pedí los dos días de licencia: hoy es sábado. Por decirlo así, lo había olvidado, pero se me ocurrió la idea al levantarme. Naturalmente, el patrón pensó que con el domingo tendría cuatro días de licencia, y eso no podía gustarle. Pero, por una parte, no es culpa mía que hayan enterrado a mamá ayer en vez de hoy, y, por otra parte, hubiera tenido el sábado y el domingo de todos modos. Por supuesto, esto no me impide comprender a mi patrón.

Me costó levantarme porque la jornada de ayer me había cansado. Mientras me afeitaba me pregunté qué podía hacer y resolví ir a bañarme.

Tomé el tranvía para ir al establecimiento de baños del puerto. Allí me zambullí en la entrada. Había muchos jóvenes. En el agua encontré a María Cardona, antigua dactilógrafa de mi oficina, a la que había deseado en otro tiempo. Creo que ella también. Pero se había marchado poco después y no tuvimos ocasión. La ayudé a subir a una balsa y rocé sus senos en ese movimiento. Yo estaba todavía en el agua cuando ella se había colocado boca abajo sobre la balsa. Se volvió hacia mí. Tenía los cabellos sobre los ojos y reía. Me icé a su lado sobre la balsa. El tiempo estaba espléndido y, como bromeando, dejé ir la cabeza hacia atrás y la posé sobre su vientre. No dijo nada y quedé así. Me daba en los ojos todo el cielo, azul y dorado. Bajo la nuca sentía latir suavemente el vientre de María. Nos quedamos largo rato sobre la balsa, medio dormidos. Cuando el sol estuvo demasiado fuerte se zambulló y la seguí. La alcancé, pasé la mano alrededor de su cintura y nadamos juntos. Ella reía siempre. En el muelle mientras nos secábamos me dijo: "Soy más morena que tú". Le pregunté si quería ir al cinematógrafo esa noche. Volvió a reír y me dijo que quería ver una película de Fernandel. Cuando nos hubimos vestido pareció muy asombrada al verme con corbata negra y me preguntó si estaba de luto. Le dije que mamá había muerto. Como quiso saber cuándo, respondí: "Ayer". Se estremeció un poco, pero no dijo nada. Estuve a punto de decirle que no era mi culpa, pero me detuve porque pensé que ya lo había dicho a mi patrón. Todo eso no significaba nada. De todos modos uno siempre es un poco culpable.

Por la noche María había olvidado todo. La película era graciosa a ratos y, luego, demasiado tonta, en verdad. Ella apretaba su pierna contra la mía. Yo le acariciaba los senos. Hacia el fin de la función, la besé, pero mal. Al salir vino a mi casa.

Cuando me desperté, María se había marchado. Me había explicado que tenía que ir a casa de su tía. Pensé que era domingo y me fastidió: no me gusta el domingo. Me di vuelta en la cama, busqué en la almohada el olor a sal que habían dejado allí los cabellos de María, y dormí hasta las diez. Luego estuve fumando cigarrillos hasta mediodía, siempre acostado. No quería almorzar en el restaurante de Celeste como de costumbre, porque indudablemente me hubieran formulado preguntas, cosa que no me gusta. Cocí unos huevos y los comí solos, sin pan, porque no tenía más y no quería bajar a comprarlo.

Después del almuerzo me aburrí un poco y erré por el departamento. Resultaba cómodo cuando mamá estaba allí. Ahora es demasiado grande para mí, y he debido trasladar a mi cuarto la mesa del comedor. No vivo más que en esta habitación, entre las sillas de paja un poco hundidas, el ropero cuyo espejo está amarillento, el tocador y la cama de bronce. El resto está abandonado. Un poco más tarde, por hacer algo, tomé un periódico viejo y lo leí. Recorté un aviso de las sales Kruschen y lo pegué en un cuaderno viejo donde pongo las cosas que me divierten en los periódicos. También me lavé las manos y, para concluir, me asomé al balcón.

Mi cuarto da sobre la calle principal del barrio. Era una hermosa tarde. Sin embargo, el pavimento estaba grasiento; había poca gente y apurada. Pasó primero una familia que iba de paseo: dos niños de traje marinero, los pantalones sobre las rodillas, un tanto trabados dentro de las ropas rígidas, y una niña con un gran lazo color de rosa y zapatos de charol. Detrás de ellos, una madre enorme vestida de seda castaña, y el padre, un hombrecillo bastante endeble que conocía de vista. Llevaba sombrero de paja, corbata de lazo, y un bastón en la mano. Al verlo con su mujer comprendí por qué en el barrio se decía de él que era distinguido. Un poco más tarde pasaron los jóvenes del arrabal, de pelo lustroso y corbata roja, chaqueta muy ajustada, bolsillo bordado y zapatos de punta cuadrada. Pensé que iban a los cinematógrafos del centro porque partían muy temprano y se apresuraban a tomar el tranvía, riendo estrepitosamente.

Después que ellos pasaran, la calle quedó poco a poco desierta. Creo que en todas partes habían comenzado los espectáculos. En la calle sólo quedaban los tenderos y los gatos. Sobre las higueras que bordeaban la calle, el cielo estaba límpido, pero sin brillo. En la acera de enfrente el cigarrero sacó la silla, la instaló delante de la puerta, y montó sobre ella, apoyando los dos brazos en el respaldo. Los tranvías, un momento antes cargados de gente, estaban casi vacíos. En el cafetín Chez Pierrot, contiguo a la cigarrería, el mozo barría aserrín en el salón desierto. Era realmente domingo.

Volví a la silla y la coloqué como la del cigarrero porque me pareció que era más cómodo. Fumé dos cigarrillos, entré a buscar un trozo de chocolate, y volví a la ventana a comerlo. Poco después el cielo se oscureció y creí que íbamos a tener una tormenta de verano. Se despejó poco a poco, sin embargo. Pero el paso de las nubes había dejado en la calle una promesa de lluvia que la volvía más sombría. Quedé largo rato mirando el cielo.

A las cinco los tranvías llegaron ruidosamente. Traían del estadio circunvecino racimos de espectadores colgados de los estribos y de los pasamanos. Los tranvías siguientes trajeron a los jugadores, que reconocí por las pequeñas valijas. Gritaban y cantaban a voz en cuello que su club no perecería jamás. Varios me hicieron señas. Uno hasta llegó a gritar: "¡Les ganamos!". Dije: "Sí", sacudiendo la cabeza. A partir de ese instante los automóviles comenzaron a afluir. El día avanzó un poco más. El cielo enrojeció sobre los techos y, con la tarde que caía, las calles se animaron. Poco a poco regresaban los paseantes. Reconocí al señor distinguido en medio de otros. Los niños lloraban o se dejaban arrastrar. Casi en seguida los cinematógrafos del barrio volcaron sobre la calle una marea de espectadores. Los jóvenes tenían gestos más resueltos que de costumbre y pensé que habían visto una película de aventuras. Los que regresaban de los cinematógrafos del centro llegaron un poco más tarde. Parecían más graves. Todavía reían, pero sólo de cuando en cuando; parecían fatigados y soñadores. Se quedaron en la calle, yendo y viniendo por la acera de enfrente. Las jóvenes del barrio andaban tomadas del brazo, en cabeza. Los muchachos se habían arreglado para cruzarse con ellas y les lanzaban piropos, de los que ellas reían volviendo la cabeza. Varias que yo conocía me hicieron señas.

Las lámparas de la calle se encendieron bruscamente e hicieron palidecer las primeras estrellas que surgían en la noche. Sentía fatigárseme los ojos mirando las aceras con su cargamento de hombres y de luces. Las lámparas hacían relucir el piso grasiento y, con intervalos regulares, los tranvías volcaban sus reflejos sobre los cabellos brillantes, una sonrisa, o una pulsera de plata. Poco después, con los tranvías más escasos y la noche ya oscura sobre los árboles y las lámparas, el barrio se vació insensiblemente, hasta que el primer gato atravesó lentamente la calle de nuevo desierta. Pensé entonces que era necesario comer. Me dolía un poco el cuello por haber estado tanto tiempo apoyado en el respaldo de la silla. Bajé a comprar pan y pastas, cociné y comí de pie. Quise fumar aún un cigarrillo en la ventana, pero sentí un poco de frío. Cerré los vidrios y, al volver, vi por el espejo un extremo de la mesa en el que estaban juntos la lámpara de alcohol y unos pedazos de pan. Pensé que, después de todo, era un domingo menos, que mamá estaba ahora enterrada, que iba a reanudar el trabajo y que, en resumen, nada había cambiado.

III

Hoy trabajé mucho en la oficina. El patrón estuvo amable. Me preguntó si no estaba demasiado cansado y quiso saber también la edad de mamá. Dije "alrededor de los sesenta" para no equivocarme y no sé por qué pareció quedar aliviado y considerar que era un asunto concluido. Sobre mi mesa se apilaba un montón de conocimientos y tuve que examinarlos todos. Antes de abandonar la oficina para ir a almorzar me lavé las manos. Me gusta mucho ese momento a mediodía. Por la tarde encuentro menos placer porque la toalla sin fin que utilizamos está completamente húmeda; ha servido durante toda la jornada. Un día se lo hice notar al patrón. Me respondió que era de lamentar, pero que asimismo era un detalle sin importancia. Salí un poco tarde, a las doce y media, con Manuel, que trabaja en la expedición. La oficina da al mar y perdimos un momento mirando los barcos de carga en el puerto ardiente de sol. En ese instante llegó un camión en medio de un estrépito de cadenas y explosiones. Manuel me preguntó: "¿Vamos?", y eché a correr. El camión nos dejó atrás y nos lanzamos en su persecución. El ruido y el polvo me ahogaban. No veía nada más y no sentía otra cosa que el desordenado impulso de la carrera, en medio de los tornos y de las máquinas, de los mástiles que danzaban en el horizonte y de los cabos que esquivábamos. Fui el primero en tomar apoyo y salté al vuelo. Luego ayudé a Manuel a sentarse. Estábamos sin resuello. El camión saltaba sobre el pavimento desparejo del muelle, en medio del polvo y del sol. Manuel reía hasta perder el aliento.

Llegamos empapados a casa de Celeste. Allí estaba como siempre, con el vientre abultado, el delantal y los bigotes blancos. Me preguntó si "andaba bien a pesar de todo". Le dije que sí y que tenía hambre. Comí rápidamente y tomé café. Luego volví a mi casa; dormí un poco porque había bebido demasiado vino, y al despertar tuve ganas de fumar. Era tarde, y corrí para alcanzar un tranvía. Trabajé toda la tarde. Hacía mucho calor en la oficina y cuando salí al atardecer me sentí feliz caminando de vuelta lentamente a lo largo de los muelles. El cielo estaba verde. Me sentía contento. Sin embargo, volví directamente a mi casa porque quería prepararme unas papas hervidas.

Al subir topé en la escalera oscura con el viejo Salamano, mi vecino de piso. Estaba con su perro. Hace ocho años que se los ve juntos. El podenco tiene una enfermedad en la piel, creo que sarna, que le hace perder casi todo el pelo y lo cubre de placas y costras oscuras. A fuerza de vivir con él, solos los dos en una pequeña habitación, el viejo Salamano ha concluido por parecérsele. Tiene costras rojizas en el rostro y pelo amarillo y escaso. A su vez el perro ha tomado del amo una especie de andar encorvado, con el hocico hacia adelante y el cuello extendido. Parecen de la misma raza y, sin embargo, se detestan. Dos veces por día, a las once y a las seis, el viejo lleva el perro a pasear. Desde hace ocho años no han cambiado el itinerario. Puede vérselos a lo largo de la calle de Lyon, el perro tirando del hombre hasta que el viejo Salamano tropieza. Entonces pega al perro y lo insulta. El perro se arrastra de terror y se deja arrastrar. Y el viejo debe tirar de él. Cuando el perro ha olvidado, aplasta de nuevo al amo y de nuevo el amo le pega y lo insulta. Entonces quedan los dos en la acera y se miran, el perro con terror, el hombre con odio. Así todos los días. Cuando el perro quiere orinar, el viejo no le da tiempo y tira; el podenco siembra tras sí un reguero de gotitas. Si por casualidad el perro hace en la habitación, entonces también le pega. Hace ocho años que ocurre lo mismo. Celeste dice siempre que "es una desgracia", pero, en el fondo, no se puede saber. Cuando lo encontré en la escalera, Salamano estaba insultando al perro. Le decía: "¡Cochino! ¡Carroña!", y el perro gemía. Dije: "Buenas tardes", pero el viejo continuó con los insultos. Entonces le pregunté qué le había hecho el perro. No me respondió. Decía solamente: "¡Cochino! ¡Carroña!". Me lo imaginaba, inclinado sobre el perro, arreglando alguna cosa en el collar. Hablé más alto. Entonces me respondió sin volverse, con una especie de rabia contenida: "Se queda siempre ahí". Y se marchó tirando del animal, que se dejaba arrastrar sobre las cuatro patas y gemía.

En ese mismo momento entró el segundo vecino de piso. En el barrio se dice que vive de las mujeres. Sin embargo, cuando se le pregunta acerca de su oficio, es "guardalmacén". En general, es poco querido. Pero me habla a menudo y a veces entra un momento en mi habitación porque yo lo escucho. Encuentro interesante lo que dice. Por otra parte, no tengo razón alguna para no hablarle. Se llama Raimundo Sintès. Es bastante pequeño, con hombros anchos y nariz de boxeador. Va siempre muy correctamente vestido. También él me ha dicho, hablando de Salamano: "¡Dígame si no es una desgracia!". Me preguntó si no me repugnaba y respondí que no.

Subimos y lo iba a dejar, cuando me dijo: "Tengo en mi habitación morcilla y vino. ¿Quiere usted comer algo conmigo...?". Pensé que me evitaría cocinar y acepté. Él también tiene una sola pieza, con una cocina sin ventana. Sobre la cama hay un ángel de estuco blanco y rosa, fotos de campeones y dos o tres clisés de mujeres desnudas. La habitación estaba sucia y la cama, deshecha. Encendió primero la lámpara de petróleo; luego extrajo del bolsillo una venda bastante sucia y se envolvió la mano derecha. Le pregunté qué tenía. Me dijo que había tenido una trifulca con un sujeto que le buscaba camorra.

"Comprende usted, señor Meursault", me dijo, "no se trata de que yo sea malo; pero soy rápido. El otro me dijo: 'Baja del tranvía si eres hombre'. Yo le dije: '¡Vamos, quédate tranquilo!'. Me dijo que yo no era hombre. Entonces bajé y le dije: 'Basta, es mejor; o te rompo la jeta'. Me contestó: '¿Con qué?'. Entonces le pegué. Se cayó. Yo iba a levantarlo. Pero me tiró unos puntapiés desde el suelo. Entonces le di un rodillazo y dos taconazos. Tenía la cara llena de sangre. Le pregunté si tenía bastante. Me dijo: 'Sí' ". Durante todo este tiempo Sintès arreglaba el vendaje. Yo estaba sentado en la cama. Me dijo: "Usted ve que no lo busqué. Él se metió conmigo". Era verdad y lo reconocí. Entonces me declaró que precisamente quería pedirme un consejo con motivo de ese asunto; que yo era un hombre que conocía la vida; que podía ayudarlo y que inmediatamente sería mi camarada. No dije nada y me preguntó otra vez si quería ser su camarada.

Dije que me era indiferente, y pareció quedar contento. Sacó una morcilla, la cocinó en la sartén, y colocó vasos, platos, cubiertos y dos botellas de vino. Todo en silencio. Luego nos instalamos. Mientras comíamos comenzó a contarme la historia. Al principio vacilaba un poco. "Conocí a una señora..., para decir verdad era mi amante..." El hombre con quien se había peleado era el hermano de esa mujer. Me dijo que la había mantenido. No contesté nada y sin embar-

go se apresuró a añadir que sabía lo que se decía
en el barrio, pero que tenía su conciencia limpia
y que era guardalmacén. "Pero volviendo a mi historia", me dijo, "me
di cuenta de que me engañaba". Le daba lo ne-
cesario para vivir. Pagaba el alquiler de la habitación y le daba veinte francos por día para el
alimento. "Trescientos francos por la pieza, seis-
cientos francos por el alimento, un par de me-
dias de vez en cuando, esto sumaba mil francos.
Y la señora no trabajaba. Pero me decía que era
poco, que no le alcanzaba con lo que le daba. Sin
embargo, yo le decía: '¿Por qué no trabajas medio día? Me ayudarías para todas las cosas chi-
cas. Este mes te he comprado un conjunto, te pago veinte francos por día, te pago el alquiler, y tú
lo que haces es tomar café por las tardes con tus
amigas. Tú les das el café y el azúcar. Yo te doy
el dinero. Me he portado bien contigo y tú me
correspondes mal'. Pero no trabajaba, decía que
no le alcanzaba, y así me di cuenta de que había
engaño."

Me contó entonces que le había encontrado
un billete de lotería en el bolso sin que ella pudiera explicarle cómo lo había comprado. Poco
después encontró en casa de ella una papeleta
del Monte de Piedad, prueba de que había empe-

ñado dos pulseras. Hasta ahí él ignoraba la existencia de las pulseras. "Vi bien claro que me engañaba. Entonces la dejé. Pero antes le di una paliza. Y le canté las verdades. Le dije que todo lo que quería era divertirse. Usted comprende, señor Meursault, yo le dije: 'No ves que la gente está celosa de la felicidad que te doy. Más tarde te darás cuenta de la felicidad que tenías'." Le había pegado hasta hacerla sangrar. Antes no le pegaba. "La golpeaba pero con ternura, por así decir. Ella gritaba un poco. Yo cerraba las persianas y todo concluía como siempre. Pero ahora es serio. Y para mí no la he castigado bastante."

Me explicó entonces que por eso necesitaba consejo. Se interrumpió para arreglar la mecha de la lámpara que carbonizaba. Yo continuaba escuchándolo. Había bebido casi un litro de vino y me ardían las sienes. Como no me quedaban más cigarrillos, fumaba los de Raimundo. Los últimos tranvías pasaban y llevaban consigo los ruidos ahora lejanos del barrio. Raimundo continuó. Le fastidiaba "sentir todavía deseos de hacer el coito con ella". Pero quería castigarla. Primero había pensado llevarla a un hotel y llamar a los "costumbres" para provocar un escándalo y hacerla fichar como prostituta. Luego se había dirigido a los amigos que tenía en el ambiente. Pero no se les había ocurrido nada. Y para eso no valía la pena ser del ambiente, como me lo hacía notar Raimundo. Se lo había dicho, y ellos entonces le propusieron "marcarla". Pero no era eso lo que él quería. Iba a reflexionar. Pero antes deseaba preguntarme algo. Por otra parte, antes de preguntármelo, quería saber qué opinaba de la historia. Respondí que no opinaba nada, pero que era interesante. Me preguntó si creía que lo había engañado, y a mí me parecía, por cierto, que lo había engañado. Me preguntó si encontraba que se la debía castigar y qué haría yo en su lugar. Le dije que era difícil saber, pero que comprendía que quisiera castigarla. Bebí todavía un poco de vino. Encendió un cigarrillo y me descubrió su idea. Quería escribirle una carta "con patadas y al mismo tiempo cosas para hacerla arrepentir". Después, cuando regresara, se acostaría con ella, y "justo en el momento de acabar" le escupiría en la cara y la echaría a la calle. Me pareció que, en efecto, de ese modo quedaría castigada. Pero Raimundo me dijo que no se sentía capaz de escribir la carta adecuada y que había pensado en mí para redactarla. Como no dijera nada, me preguntó si me molestaría hacerlo en seguida y respondí que no.

Bebió un vaso de vino y se levantó. Apartó los platos y la poca morcilla fría que habíamos dejado. Limpió cuidadosamente el hule de la mesa. Sacó de un cajón de la mesa de noche una hoja de papel cuadriculado, un sobre amarillo, un pequeño portaplumas de madera roja y un tintero cuadrado, con tinta violeta. Cuando me dijo el nombre de la mujer vi que era mora. Hice la carta. La escribí un poco al azar, pero traté de contentar a Raimundo porque no tenía razón para no dejarlo contento. Luego leí la carta en voz alta. Me escuchó fumando y asintiendo con la cabeza, y me pidió que la releyera. Quedó enteramente contento. Me dijo: "Sabía que tú conocías la vida". Al principio no advertí que me tuteaba. Sólo cuando me declaró: "Ahora eres un verdadero camarada", me llamó la atención. Repitió la frase y dije: "Sí". Me era indiferente ser su camarada y él realmente parecía desearlo. Cerró el sobre y terminamos el vino. Luego quedamos un momento fumando sin decir nada. Afuera todo estaba en calma y oímos deslizarse un auto que pasaba. Dije: "Es tarde". Raimundo pensaba lo mismo. Hizo notar que el tiempo pasaba rápidamente, y, en cierto sentido, era verdad. Tenía sueño, pero me costaba levantarme. Debía de tener aspecto fatigado porque Raimundo me dijo que no había que dejarse abatir. En el primer momento no comprendí. Me explicó entonces que se había enterado de la muerte de mamá pero que era una cosa que debía de llegar un día u otro. Era lo que yo pensaba.

Me levanté. Raimundo me estrechó la mano con fuerza y me dijo que entre hombres siempre acaba uno por entenderse. Al salir de la pieza cerré la puerta y quedé un momento en el rellano, en la oscuridad. La casa estaba tranquila y de las profundidades de la caja de la escalera subía un soplo oscuro y húmedo. No oía más que los golpes de la sangre zumbándome en los oídos y quedé inmóvil. Pero en la habitación del viejo Salamano el perro gimió sordamente.

IV

Trabajé mucho toda la semana. Raimundo vino y me dijo que había enviado la carta. Fui dos veces al cine con Manuel, que nunca comprende lo que sucede en la pantalla. Siempre hay que darle explicaciones. Ayer era sábado, y María vino, como habíamos convenido. La deseé mucho porque tenía un lindo vestido a rayas rojas y blancas, y sandalias de cuero. Se adivinaban sus senos firmes, y el tostado del sol le daba un rostro de flor. Tomamos un autobús y fuimos a algunos kilómetros de Argel a una playa encerrada entre rocas y rodeada de cañaverales del lado de la ribera. El sol de las cuatro no calentaba demasiado, pero el agua estaba tibia, con pequeñas olas alargadas y perezosas. María me enseñó un juego. Al nadar había que beber en la cresta de las olas, conservar en la boca toda la espuma, y ponerse en seguida de espaldas para proyectarla hacia el cielo. Se formaba entonces un encaje espumoso que se desvanecía en el aire o caía como lluvia tibia sobre la cara. Pero al cabo sentí la boca quemada por la amargura de la sal. María se me acercó entonces y se estrechó contra mí en el agua. Puso su boca contra la mía. Su lengua refrescaba mis labios y rodamos entre las olas durante un momento.

Cuando nos vestimos nuevamente en la playa, María me miraba con ojos brillantes. La besé. A partir de ese momento no hablamos más. La estreché contra mí y nos apresuramos a buscar un autobús, regresar, ir a casa y arrojarnos sobre la cama. Había dejado la ventana abierta y era agradable sentir derramarse la noche de verano sobre nuestros cuerpos morenos.

Esa mañana María se quedó y le dije que almorzaríamos juntos. Bajé a comprar carne. Al subir oí una voz de mujer en la habitación de Raimundo. Poco después, el viejo Salamano regañó al perro, oímos ruido de suelas y uñas en los peldaños de madera de la escalera y luego: "¡Cochino! ¡Carroña!". Salieron a la calle. Conté a María la historia del viejo y se rió. Tenía puesto uno de mis pijamas, cuyas mangas había recogido. Cuando rió, tuve nuevamente deseos de ella. Un momento después me preguntó si la amaba. Le contesté que no tenía importancia, pero que me parecía que no. Pareció triste. Mas al preparar el almuerzo, y sin motivo alguno, se echó otra vez a reír de tal manera que la besé. En ese momento el ruido de una disputa estalló en la habitación de Raimundo.

Se oyó al principio una voz aguda de mujer y luego a Raimundo que decía: "¡Me has engañado, me has engañado! Yo te voy a enseñar a engañarme". Algunos ruidos sordos y la mujer aulló, pero de tan terrible manera que inmediatamente el pasillo se llenó de gente. También María y yo salimos. La mujer gritaba sin cesar y Raimundo pegaba sin cesar. María me dijo que era terrible y no respondí. Me pidió que fuese a buscar a un agente, pero le dije que no me gustaban los agentes. Sin embargo, llegó uno con el inquilino del segundo, que es plomero. Golpeó en la puerta y no se oyó nada más. Golpeó con más fuerza y, al cabo de un momento, la mujer lloró otra vez y Raimundo abrió. Tenía un cigarrillo en la boca y el aire dulzón. La muchacha se precipitó hacia la puerta y declaró al agente que Raimundo le había pegado. "Tu nombre", dijo el agente. Raimundo respondió. "Quítate el cigarrillo de la boca cuando me hablas", dijo el agente. Raimundo titubeó, me miró y se quedó con el cigarrillo. Entonces el agente le cruzó la cara al vuelo con una bofetada espesa y pesada, en plena mejilla. El cigarrillo cayó algunos metros más lejos. Raimundo se demudó, pero no dijo nada en seguida. Luego preguntó con voz humilde si podía recoger la colilla. El agente respondió que sí y agregó: "Pero la próxima vez sabrás que un agente no es un monigote". Mientras tanto, la muchacha lloraba y repetía: "¡Me golpeó! ¡Es un rufián!". "Señor agente", preguntó entonces Raimundo, "¿permite la ley que se llame rufián a un hombre?" Pero el agente le ordenó "cerrar el pico". Raimundo se volvió entonces hacia la muchacha y le dijo: "Espera, chiquita, ya nos volveremos a encontrar". El agente le dijo que se callara, que la muchacha debía marcharse y él, permanecer en la habitación aguardando que la comisaría lo citara. Agregó que Raimundo debería de sentirse avergonzado de estar borracho al punto de temblar como lo hacía. Entonces Raimundo le explicó: "No estoy borracho, señor agente. Estoy aquí, delante de usted, y tiemblo contra mi voluntad". Cerró la puerta y todos se fueron. María y yo concluimos de preparar el almuerzo. Pero ella no tenía hambre; yo comí casi todo. A la una se fue y dormí un poco. A eso de las tres llamaron a mi puerta y entró Raimundo. Me quedé acostado. Se sentó en el borde de la cama. Quedó un momento sin hablar y le pregunté cómo había ocurrido el asunto. Me contó que había hecho lo que quería, pero que ella le había dado un bofetón y entonces él le había pegado. En cuanto al resto, yo lo había visto. Le dije que me parecía que ahora estaba castigada y que debía de sentirse contento. Era también su opinión, y observó que el agente había actuado bien, pero que no cambiaría en nada los golpes que ella había recibido. Agregó que conocía bien a los agentes y que sabía cómo había que manejarse con ellos. Me preguntó entonces si había esperado que respondiera al bofetón del agente. Contesté que no había esperado nada y que por otra parte no me gustaban los agentes. Raimundo pareció muy contento. Me preguntó si quería salir con él. Me levanté y comencé a peinarme. Me dijo entonces que era necesario que le sirviera como testigo. A mí me era indiferente, pero no sabía qué debía decir. Según Raimundo, bastaba declarar que la muchacha lo había engañado. Acepté servirle como testigo.

Salimos, y Raimundo me ofreció un aguardiente. Luego quiso jugar una partida de billar y perdí por un pelo. Después quería ir al burdel, pero le dije que no porque no tenía ganas. Regresamos lentamente mientras me decía cuánto celebraba haber logrado castigar a su amante. Estuvo muy amable conmigo y pensé que era un momento agradable.

Desde lejos divisé en el umbral de la puerta al viejo Salamano, que tenía aspecto agitado. Cuando nos acercamos vi que no tenía consigo al perro. Miraba para todos lados, se volvía sobre sí mismo, trataba de perforar la oscuridad del pasillo, mascullaba palabras sueltas y volvía a escudriñar la calle con los ojos enrojecidos. Cuando Raimundo le preguntó qué le sucedía, no respondió inmediatamente. Oí vagamente que murmuraba: "¡Cochino! ¡Carroña!", y continuaba agitándose. Le pregunté dónde estaba el perro. Bruscamente me respondió que se había marchado. Luego, de golpe, habló con volubilidad: "Lo llevé al Campo de Maniobras como de costumbre. Había mucha gente en torno de los kioscos de saltimbanquis. Me detuve a mirar 'El rey de la evasión'. Y cuando quise seguir, no estaba más allí. Hace tiempo que estaba por comprarle un collar menos grande. Pero jamás hubiera creído que esa carroña pudiera marcharse así".

Raimundo le explicó entonces que el perro podía haberse perdido y que iba a volver. Le citó ejemplos de perros que habían hecho decenas de kilómetros para encontrar a su amo. A pesar de todo, el viejo pareció más agitado. "Pero ellos lo agarrarán, ¿comprende usted? Si por lo menos alguien lo recogiera. Pero no es posible, da asco a todo el mundo con las costras. Los agentes lo agarrarán, es seguro." Le dije entonces que debía ir a la perrera y que se lo devolverían mediante el pago de algunos derechos. Me preguntó si los derechos serían elevados. Yo no lo sabía. Entonces montó en cólera: "¡Dar dinero por esa carroña! ¡Ah, que reviente!". Y se puso a insultarlo. Raimundo rió y entró en la casa. Lo seguí y nos separamos en el rellano del piso. Un momento después oí los pasos del viejo, que golpeó en mi puerta. Cuando abrí quedó un momento en el umbral y me dijo: "¡Discúlpeme, discúlpeme...!". Lo invité a entrar, pero no quiso. Miraba la punta de los zapatos y le temblaban las manos costrosas. Sin mirarme de frente, me preguntó: "¿No me lo han de agarrar, diga, señor Meursault? ¡Tienen que devolvérmelo! Si no, ¿qué va a ser de mí?". Le dije que la perrera guardaba los perros tres días a disposición de los propietarios y que después hacía con ellos lo que le parecía.

Me miró en silencio. Luego dijo: "Buenas noches". Cerró la puerta. Lo oí ir y venir. La cama crujió. Y por el extraño y leve ruido que atravesó el tabique, comprendí que lloraba. No sé por qué pensé en mamá. Pero tenía que levantarme temprano al día siguiente. No tenía hambre y me acosté sin cenar.

V

Raimundo me telefoneó a la oficina. Me dijo que uno de sus amigos (a quien le había hablado de mí) me invitaba a pasar el día del domingo en su cabaña, cerca de Argel. Contesté que me gustaría mucho ir, pero que había prometido dedicar el día a una amiga. Raimundo me dijo en seguida que también la invitaba a ella. La mujer de su amigo se sentiría muy contenta de no hallarse sola en medio de un grupo de hombres.

Quise cortar en seguida porque sé que al patrón no le gusta que nos telefoneen de afuera. Pero Raimundo me pidió que esperase y me dijo que hubiera podido transmitirme la invitación por la noche, pero que quería advertirme de otra cosa. Había sido seguido todo el día por un grupo de árabes, entre los cuales se encontraba el hermano de su antigua amante. "Si lo ves cerca de casa, avísame." Dije que quedaba convenido.

Poco después el patrón me hizo llamar, y en el primer momento me sentí molesto porque pensé que iba a decirme que telefoneara menos y trabajara más. Pero no era nada de eso. Me declaró que iba a hablarme de un proyecto todavía muy vago. Quería solamente tener mi opinión sobre el asunto. Tenía la intención de instalar una oficina en París que trataría directamente en esa plaza sus asuntos con las grandes compañías, y quería saber si estaría dispuesto a ir. Ello me permitiría vivir en París y también viajar una parte del año. "Usted es joven y me parece que es una vida que debe de gustarle." Dije que sí, pero que en el fondo me era indiferente. Me preguntó entonces si no me interesaba un cambio de vida. Respondí que nunca se cambia de vida, que en todo caso todas valían igual y que la mía aquí no me disgustaba en absoluto. Se mostró descontento, me dijo que siempre respondía con evasivas, que no tenía ambición y que eso era desastroso en los negocios.

Volví a mi trabajo. Hubiera preferido no desagradarle, pero no veía razón para cambiar de vida. Pensándolo bien, no me sentía desgraciado.

Cuando era estudiante había tenido muchas ambiciones de ese género. Pero cuando debí abandonar los estudios comprendí muy rápidamente que no tenían importancia real.

María vino a buscarme por la tarde y me preguntó si quería casarme con ella. Dije que me era indiferente y que podríamos hacerlo si lo quería. Entonces quiso saber si la amaba. Contesté como ya lo había hecho otra vez: que no significaba nada, pero que sin duda no la amaba. "¿Por qué, entonces, casarte conmigo?", dijo. Le expliqué que no tenía ninguna importancia y que si lo deseaba podíamos casarnos. Por otra parte era ella quien lo pedía y yo me contentaba con decir que sí. Observó entonces que el matrimonio era una cosa grave. Respondí: "No". Calló un momento y me miró en silencio. Luego volvió a hablar. Quería saber simplemente si habría aceptado la misma proposición hecha por otra mujer a la que estuviera ligado de la misma manera. Dije: "Naturalmente". Se preguntó entonces a sí misma si me quería, y yo, yo no podía saber nada sobre este punto. Tras otro momento de silencio murmuró que yo era extraño, que sin duda me amaba por eso mismo, pero que quizás un día le repugnaría por las mismas razones. Como callara sin tener nada que agregar, me tomó sonriente del brazo y declaró que quería casarse conmigo. Respondí que lo haríamos cuando quisiera. Le hablé entonces de la proposición del patrón, y María me dijo que le gustaría conocer París. Le dije que había vivido allí en otro tiempo y me preguntó cómo era. Le dije: "Es sucio. Hay palomas y patios oscuros. La gente tiene la piel blanca". Luego caminamos y cruzamos la ciudad por las calles importantes. Las mujeres estaban hermosas y pregunté a María si lo notaba. Me dijo que sí y que me comprendía. Luego no hablamos más. Quería sin embargo que se quedara conmigo y le dije que podíamos cenar juntos en el restaurante de Celeste. A ella le agradaba mucho, pero tenía que hacer. Estábamos cerca de mi casa y le dije adiós. Me miró: "¿No quieres saber qué tengo que hacer?". Quería de veras saberlo, pero no había pensado en ello, y era lo que parecía reprocharme. Se echó a reír ante mi aspecto cohibido y se acercó con todo el cuerpo para ofrecerme la boca.

Cené en el restaurante de Celeste. Había comenzado a comer cuando entró una extraña mujercita que me preguntó si podía sentarse a mi mesa. Naturalmente que podía. Tenía ademanes bruscos y ojos brillantes en una pequeña cara de manzana. Se quitó la chaqueta, se sentó y consultó febrilmente la lista. Llamó a Celeste y pidió inmediatamente todos los platos con voz a la vez precisa y precipitada. Mientras esperaba los entremeses, abrió el bolso, sacó un cuadradito de papel y un lápiz, calculó de antemano la cuenta, luego extrajo de un bolsillo la suma exacta, aumentada con la propina, y la puso delante de sí. En ese momento le trajeron los entremeses, que devoró a toda velocidad. Mientras esperaba el plato siguiente sacó además del bolso un lápiz azul y una revista que publicaba los programas radiofónicos de la semana. Con mucho cuidado señaló una por una casi todas las audiciones. Como la revista tenía una docena de páginas continuó minuciosamente este trabajo durante toda la comida. Yo había terminado ya y ella seguía señalando con la misma aplicación. Luego se levantó, se volvió a poner la chaqueta con los mismos movimientos precisos de autómata y se marchó. Como no tenía nada que hacer, salí también y la seguí un momento. Se había colocado en el cordón de la acera y con rapidez y seguridad increíbles seguía su camino sin desviarse ni volverse. Acabé por perderla de vista y volver sobre mis pasos. Me pareció una mujer extraña, pero la olvidé bastante pronto.

Encontré al viejo Salamano en el umbral de mi puerta. Lo hice entrar y me enteró de que el perro estaba perdido, puesto que no se hallaba en la perrera. Los empleados le habían dicho que quizá lo hubieran aplastado. Había preguntado si no era posible que en las comisarías lo supiesen. Se le había respondido que no se llevaba cuenta de tales cosas porque ocurrían todos los días. Le dije al viejo Salamano que podría tener otro perro, pero me hizo notar con razón que estaba acostumbrado a ése.

Yo estaba acurrucado en mi cama y Salamano se había sentado en una silla delante de la mesa. Estaba enfrente de mí y apoyaba las dos manos en las rodillas. Tenía puesto el viejo sombrero. Mascullaba frases incompletas bajo el bigote amarillento. Me fastidiaba un poco, pero no tenía nada que hacer y no sentía sueño. Por decir algo lo interrogué sobre el perro. Me dijo que lo tenía desde la muerte de su mujer. Se había casado bastante tarde. En su juventud tuvo intención de dedicarse al teatro; en el regimiento representaba en las zarzuelas militares. Pero había entrado finalmente en los ferrocarriles y no lo lamentaba porque ahora tenía un pequeño retiro. No había sido feliz con su mujer, pero, en conjunto, se había acostumbrado a ella.

Cuando murió se había sentido muy solo. Entonces había pedido un perro a un camarada del taller y había recibido aquél, apenas recién nacido. Había tenido que alimentarlo con mamadera. Pero como un perro vive menos que un hombre, habían concluido por ser viejos al mismo tiempo. "Tenía mal carácter", me dijo Salamano. "De vez en cuando nos tomábamos del pico. Pero a pesar de todo era un buen perro." Dije que era de buena raza y Salamano se mostró satisfecho. "Y eso", agregó, "que usted no lo conoció antes de la enfermedad. El pelo era lo mejor que tenía". Todas las tardes y todas las mañanas, desde que el perro tuvo aquella enfermedad de la piel, Salamano le ponía una pomada. Pero según él su verdadera enfermedad era la vejez, y la vejez no se cura.

Bostecé y el viejo me anunció que iba a marcharse. Le dije que podía quedarse y que lamentaba lo que había sucedido al perro. Me lo agradeció. Me dijo que mamá quería mucho al perro. Al referirse a ella la llamaba "su pobre madre". Suponía que debía de sentirme muy desgraciado desde que mamá murió, pero no respondí nada. Me dijo entonces, muy rápidamente y con aire molesto, que sabía que en el barrio me habían juzgado mal porque había puesto a mi madre en el asilo, pero él me conocía y sabía que quería mucho a mamá. Respondí, aún no sé por qué, que hasta ese instante ignoraba que se me juzgase mal a ese respecto, pero que el asilo me había parecido una cosa natural desde que no tenía bastante dinero para cuidar a mamá. "Por otra parte", agregué, "hacía mucho tiempo que no tenía nada que decirme y que se aburría sola". "Sí", me dijo, "y en el asilo por lo menos se hacen compañeros". Luego se disculpó. Quería dormir. Su vida había cambiado ahora y no sabía exactamente qué iba a hacer. Por primera vez desde que lo conocía, me tendió la mano con gesto furtivo y sentí las escamas de su piel. Sonrió levemente y antes de partir me dijo: "Espero que los perros no ladren esta noche. Siempre me parece que es el mío".

VI

El domingo me costó mucho despertarme y
fue necesario que María me llamara y me sacu-
diera. No habíamos comido porque queríamos
bañarnos temprano. Me sentía completamente
vacío y me dolía un poco la cabeza. El cigarrillo tenía gusto amargo. María se burló de mí
porque decía que tenía "cara de entierro". Se
había puesto un traje de tela blanca y se había
soltado los cabellos. Le dije que estaba hermosa
y rió de placer.
    Al bajar golpeamos en la puerta de Raimun-
do. Nos respondió que bajaba. En la calle, por el
cansancio y también porque no habíamos abierto las persianas, la claridad del día, lleno de sol,
me golpeó como una bofetada. María saltaba de

alegría y no se cansaba de decir que era un día magnífico. Me sentí mejor y me di cuenta de que tenía hambre. Se lo dije a María, quien me señaló el bolso de hule donde había puesto las dos mallas de baño y una toalla. Teníamos que esperar y oímos cómo Raimundo cerraba la puerta. Llevaba pantalones azules y camisa blanca de manga corta. Pero se había puesto sombrero de paja, lo que hizo reír a María, y sus antebrazos eran muy blancos debajo del vello oscuro. Yo estaba un poco repugnado. Silbaba al bajar y parecía muy contento. Me dijo: "Salud, viejo", y llamó "señorita" a María.

La víspera habíamos ido a la comisaría y yo había atestiguado que la muchacha había "engañado" a Raimundo. No le costó a éste más que una advertencia. No comprobaron mi afirmación. Delante de la puerta hablamos con Raimundo; luego resolvimos tomar el autobús. La playa no estaba muy lejos, pero así iríamos más rápidamente. Raimundo creía que su amigo se alegraría al vernos llegar temprano. Íbamos a partir, cuando Raimundo, de golpe, me hizo una señal para que mirara enfrente. Vi un grupo de árabes pegados contra el escaparate de la tabaquería. Nos miraban en silencio, pero a su modo, ni más ni menos que si fuéramos piedras o árboles secos. Raimundo me dijo que el segundo a partir de la izquierda era el individuo y pareció preocupado. Sin embargo, agregó que la historia ya estaba concluida. María no comprendía muy bien y nos preguntó de qué se trataba. Le dije que eran unos árabes que odiaban a Raimundo. Quiso entonces que partiéramos en seguida. Raimundo se irguió, rió y dijo que era necesario apresurarse.

Nos dirigimos a la parada del autobús, que estaba un poco más lejos, y Raimundo me anunció que los árabes no nos seguían. Me volví. Estaban siempre en el mismo sitio y miraban con la misma indiferencia el lugar que acabábamos de dejar. Tomamos el autobús. Raimundo, que parecía completamente aliviado, no cesaba de hacerle bromas a María. Me di cuenta de que le gustaba, pero ella casi no le respondía. De vez en cuando me miraba riéndose.

Bajamos a los arrabales de Argel. La playa no queda lejos de la parada del autobús, pero tuvimos que cruzar una pequeña meseta que domina el mar y que baja luego hacia la playa. Estaba cubierta de piedras amarillentas y de asfódelos blanquísimos que se destacaban en el azul, ya firme, del cielo. María se entretenía en deshojar las flores, golpeándolas con el bolso de hule. Caminamos entre filas de pequeñas casitas de cercos verdes o blancos, algunas hundidas con sus corredores bajo los tamarindos; otras, desnudas en medio de las piedras. Desde antes de llegar al borde de la meseta podía verse el mar inmóvil y, más lejos, un cabo soñoliento y macizo en el agua clara. Un ligero ruido de motor se elevó hasta nosotros en el aire calmo. Y vimos, muy lejos, un pequeño barco pescador que avanzaba imperceptiblemente por el mar deslumbrante. María recogió algunos lirios de roca. Desde la pendiente que bajaba hacia el mar vimos que ya había bañistas en la playa.

El amigo de Raimundo vivía en una pequeña cabaña de madera en el extremo de la playa. La casa estaba adosada a las rocas y el agua bañaba los pilares que la sostenían por el frente. Raimundo nos presentó. El amigo se llamaba Masson. Era un individuo grande, de cintura y espaldas macizas, con una mujercita regordeta y graciosa, de acento parisiense. Nos dijo en seguida que nos pusiésemos cómodos y que había pescado frito, que había sacado esa misma mañana. Le dije cuánto me gustaba su casa. Me informó que pasaba allí los sábados, los domingos y todos los días de asueto. "Me llevo muy bien con mi mujer", agregó. Precisamente, su mujer se reía con María. Por primera vez, quizá, pensé verdaderamente en que iba a casarme. Masson quería bañarse, pero su mujer y Raimundo no querían ir. Bajamos los tres y María se arrojó inmediatamente al agua. Masson y yo esperamos un poco. Hablaba lentamente y noté que tenía la costumbre de completar todo lo que decía con un "y diré más", incluso cuando, en el fondo, no agregaba nada al sentido de la frase. A propósito de María me dijo: "Es deslumbrante, y diré más, encantadora". No presté más atención a ese tic porque estaba ocupado en gozar del bienestar que me producía el sol. La arena comenzaba a calentar bajo los pies. Contuve aún el deseo de entrar en el agua, pero concluí por decir a Masson: "¿Vamos?". Me zambullí. Él entró en el agua lentamente y se sumergió cuando perdió pie. Nadaba bastante mal, de manera que lo dejé para reunirme con María. El agua estaba fría y me gustaba nadar. Nos alejamos con María y nos sentimos unidos en nuestros movimientos y en nuestra satisfacción.

Hicimos la plancha mar adentro, y sobre mi rostro, vuelto hacia el cielo, el sol secaba los últimos velos de agua que me corrían hacia la boca. Vimos que Masson regresaba a la playa para tenderse al sol. De lejos parecía enorme. María quiso que nadáramos juntos. Me puse detrás para tomarla por la cintura. Ella avanzaba a brazadas y yo la ayudaba agitando los pies. El leve ruido del agua removida nos siguió durante la mañana hasta que me sentí fatigado. Entonces dejé a María y volví nadando regularmente y respirando con fuerza. En la playa me tendí boca abajo junto a Masson y apoyé la cara en la arena. Le dije: "¡Qué agradable!", y él pensaba lo mismo. Poco después vino María. Me volví para verla llegar. Estaba completamente viscosa con el agua salada, y sujetaba los cabellos hacia atrás. Se tendió lado a lado conmigo y los dos calores de su cuerpo y del sol me adormecieron un poco.

María me sacudió y me dijo que Masson había regresado a la casa. Teníamos que almorzar. Me levanté en seguida porque tenía hambre, pero María me dijo que no la había besado desde la mañana. Era cierto y sin embargo habría querido hacerlo. "Ven al agua", me dijo. Corrimos para lanzarnos sobre las primeras olas. Dimos algunas brazadas y ella se pegó contra mí. Sentí sus piernas en torno de las mías y la deseé.

Cuando volvimos, Masson ya nos estaba llamando. Dije que tenía mucha hambre y Masson afirmó en seguida que yo le gustaba. El pan estaba sabroso. Devoré mi parte de pescado. Después había carne y papas fritas. Todos comimos sin hablar. Masson bebía mucho vino y me servía sin descanso. Cuando llegó el café tenía la cabeza un poco pesada, y luego fumé mucho. Masson, Raimundo y yo habíamos proyectado pasar juntos el mes de agosto en la playa, con gastos comunes. María nos dijo de golpe: "¿Saben qué hora es? Son las once y media". Quedamos todos asombrados, pero Masson dijo que habíamos comido muy temprano y que era lógico, porque la hora del almuerzo es la hora en que se tiene hambre. No sé por qué aquello hizo reír a María. Creo que había bebido un poco de más. Masson me preguntó entonces si quería pasear con él por la playa. "Mi mujer siempre duerme la siesta después de almorzar. A mí no me gusta hacerlo. Tengo que caminar. Siempre le digo que es mejor para la salud. Pero, después de todo, tiene derecho a hacerlo." María declaró que se quedaría para ayudar a la señora de Masson a lavar la vajilla. La pequeña parisiense dijo que para eso era necesario echar a los hombres. Bajamos los tres.

El sol caía casi a plomo sobre la arena y el resplandor en el mar era insoportable. Ya no había nadie en la playa. En las cabañas que bordeaban la meseta, suspendidas sobre el mar, se oían ruidos de platos y de cubiertos. Se respiraba apenas en el calor de piedra que subía desde el suelo. Al principio Raimundo y Masson hablaron de cosas y de personas que yo no conocía. Comprendí que hacía mucho que se conocían y que hasta habían vivido juntos en cierta época. Nos dirigimos hacia el agua y caminamos por la orilla del mar. De vez en cuando una pequeña ola más larga que otra venía a mojar nuestros zapatos de lona. Yo no pensaba en nada porque estaba medio amodorrado con tanto sol sobre la cabeza desnuda.

De pronto, Raimundo dijo a Masson algo que no oí bien. Pero al mismo tiempo divisé en el extremo de la playa, y muy lejos de nosotros, a dos árabes de albornoz que venían en nuestra dirección. Miré a Raimundo y me dijo: "Es él". Continuamos caminando. Masson preguntó cómo habrían podido seguirnos hasta allí. Pensé que debían de habernos visto tomar el autobús con el bolso de playa, pero no dije nada.

Los árabes avanzaban lentamente y estaban ya mucho más próximos. Nosotros no habíamos cambiado nuestro paso, pero Raimundo dijo: "Si hay gresca, tú, Masson, tomas al segundo. Yo me encargo de mi individuo. Tú, Meursault, si llega otro, es para ti". Dije: "Sí", y Masson metió las manos en los bolsillos. La arena recalentada me parecía roja ahora. Avanzábamos con paso parejo hacia los árabes. La distancia entre nosotros disminuyó regularmente. Cuando estuvimos a algunos pasos unos de otros, los árabes se detuvieron. Masson y yo habíamos disminuido el paso. Raimundo fue directamente hacia el individuo. No pude oír bien lo que le dijo, pero el otro hizo ademán de darle un cabezazo. Raimundo golpeó entonces por primera vez y llamó en seguida a Masson. Masson fue hacia aquel que se le había designado y golpeó dos veces con todas sus fuerzas. El otro se desplomó en el agua con la cara hacia el fondo y quedó algunos segundos así mientras las burbujas rompían en la superficie en torno de su cabeza. Raimundo había golpeado también al mismo tiempo y el otro tenía el rostro ensangrentado. Raimundo se volvió hacia mí y dijo: "Vas a ver lo que va a cobrar". Le grité: "¡Cuidado! ¡Tiene cuchillo!". Pero Raimundo tenía ya el brazo abierto y la boca tajeada.

Masson dio un salto hacia adelante. Pero el árabe se había levantado y se había colocado detrás del que estaba armado. No nos atrevimos a movernos. Retrocedieron lentamente sin dejar de mirarnos y de tenernos a rayas con el cuchillo. Cuando vieron que tenían bastante campo, huyeron rápidamente mientras nosotros quedamos clavados bajo el sol y Raimundo se apretaba el brazo, que goteaba sangre.

Masson dijo inmediatamente que había un médico que pasaba los domingos en la meseta. Raimundo quiso ir en seguida. Pero cada vez que hablaba, la sangre de la herida le formaba burbujas en la boca. Lo sostuvimos y regresamos a la cabaña lo más pronto posible. Allí Raimundo dijo que las heridas eran superficiales y que podía ir hasta la casa del médico. Se marchó con Masson y me quedé para explicar a las mujeres lo que había ocurrido. La señora de Masson lloraba y María estaba muy pálida. A mí me molestaba darles explicaciones. Acabé por callarme y fumé mirando el mar.

Hacia la una y media Raimundo regresó con Masson. Tenía el brazo vendado y un esparadrapo en el rincón de la boca. El médico le había dicho que no era nada, pero Raimundo tenía aspecto muy sombrío. Masson trató de hacerlo reír. Pero no hablaba más. Cuando dijo que bajaba a la playa le pregunté a dónde iba. Me respondió que quería tomar aire. Masson y yo dijimos que íbamos a acompañarlo. Entonces montó en cólera y nos insultó. Masson declaró que no había que contrariarlo. Pero, de todos modos lo seguí.

Caminamos mucho tiempo por la playa. El sol estaba ahora abrasador. Se rompía en pedazos sobre la arena y sobre el mar. Tuve la impresión de que Raimundo sabía a dónde iba, pero sin duda era una falsa impresión. En el extremo de la playa llegamos al fin a un pequeño manantial que corría por la arena hacia el mar detrás de una roca. Allí encontramos a los dos árabes. Estaban acostados con los grasientos albornoces. Parecían enteramente tranquilos y casi apaciguados. Nuestra llegada no cambió nada. El que había herido a Raimundo lo miraba sin decir nada. El otro soplaba una cañita y, mirándonos de reojo, repetía sin cesar las tres notas que sacaba del instrumento.

Durante todo ese tiempo no hubo otra cosa más que el sol y el silencio con el leve ruido del manantial y las tres notas. Luego Raimundo echó mano al revólver de bolsillo, pero el otro no se movió y continuaron mirándose. Noté que el que tocaba la flauta tenía los dedos de los pies muy separados. Sin quitar los ojos de su adversario, Raimundo me preguntó: "¿Lo tumbo?". Pensé que si le decía que no, se excitaría y seguramente tiraría. Me limité a decirle: "Todavía no te ha hablado. Sería feo tirar así". En medio del silencio y del calor se oyó aún el leve ruido del agua y de la flauta. Luego Raimundo dijo: "Entonces voy a insultarlo, y cuando conteste, lo tumbaré". Le respondí: "Así es. Pero si no saca el cuchillo no puedes tirar". Raimundo comenzó a excitarse un poco. El otro tocaba siempre y los dos observaban cada movimiento de Raimundo. "No", dije a Raimundo. "Tómalo de hombre a hombre y dame el revólver. Si el otro interviene, o saca el cuchillo, yo lo tumbaré." Cuando Raimundo me dio el revólver el sol resbaló encima. Sin embargo, quedamos aún inmóviles como si todo se hubiera vuelto a cerrar en torno de nosotros. Nos mirábamos sin bajar los ojos y todo se detenía aquí entre el mar, la arena y el sol, el doble silencio de la flauta y del agua. Pensé en ese momento que se podía tirar o no tirar y que lo mismo daba. Pero bruscamente los árabes se deslizaron retrocediendo y desaparecieron detrás de la roca. Raimundo y yo volvimos entonces sobre nuestros pasos. Parecía mejor y habló del autobús de regreso.

Lo acompañé hasta la cabaña, y mientras trepaba por la escalera de madera quedé delante del primer peldaño, con la cabeza resonante de sol, desanimado ante el esfuerzo que era necesario hacer para subir al piso de madera y hablar otra vez con las mujeres. Pero el calor era tal que me resultaba penoso también permanecer inmóvil bajo la enceguecedora lluvia que caía del cielo. Quedar aquí o partir, lo mismo daba. Al cabo de un momento volví hacia la playa y me puse a caminar. Persistía el mismo resplandor rojo. Sobre la arena el mar jadeaba con la respiración rápida y ahogada de las olas pequeñas. Caminaba lentamente hacia las rocas y sentía que la frente se me hinchaba bajo el sol. Todo aquel calor pesaba sobre mí y se oponía a mi avance. Y cada vez que sentía el poderoso soplo cálido sobre el rostro, apretaba los dientes, cerraba los puños en los bolsillos del pantalón, me ponía tenso todo entero para vencer al sol y a la opaca embriaguez que se derramaba sobre mí. Las mandíbulas se me crispaban ante cada espada de luz surgida de la arena, de la conchilla blanqueada o de un fragmento de vidrio. Caminé largo tiempo. Veía desde lejos la pequeña masa oscura de la roca rodeada de un halo deslumbrante por la luz y el polvo del mar. Pensaba en el fresco manantial que nacía detrás de la roca. Tenía deseos de oír de nuevo el murmullo del agua, deseos de huir del sol, del esfuerzo y de los llantos de mujer, deseos, en fin, de alcanzar la sombra y su reposo. Pero cuando estuve más cerca vi que el individuo de Raimundo había vuelto.

Estaba solo. Reposaba sobre la espalda, con las manos bajo la nuca, la frente en la sombra de la roca, todo el cuerpo al sol. El albornoz humeaba en el calor. Quedé un poco sorprendido. Para mí era un asunto concluido y había llegado allí sin pensarlo.

No bien me vio, se incorporó un poco y puso la mano en el bolsillo. Yo, naturalmente, empuñé el revólver de Raimundo en mi chaqueta. Entonces se dejó caer de nuevo hacia atrás, pero sin retirar la mano del bolsillo. Estaba bastante lejos de él, a una decena de metros. Adivinaba su mirada por instantes entre los párpados entornados. Pero más a menudo su imagen danzaba delante de mis ojos en el aire inflamado. El ruido de las olas parecía aún más perezoso, más inmóvil que a mediodía. Era el mismo sol, la misma luz sobre la misma arena que se prolongaba aquí. Hacía ya dos horas que el día no avanzaba, dos horas que había echado el ancla en un océano de metal hirviente. En el horizonte pasó un pequeño navío y hube de adivinar de reojo la mancha oscura porque no había cesado de mirar al árabe.

Pensé que me bastaba dar media vuelta y todo quedaría concluido. Pero toda una playa vibrante de sol apretábase detrás de mí. Di algunos pasos hacia el manantial. El árabe no se movió. A pesar de todo, estaba todavía bastante lejos. Parecía reírse, quizá por el efecto de las sombras sobre el rostro. Esperé. El ardor del sol me llegaba hasta las mejillas y sentí las gotas de sudor amontonárseme en las cejas. Era el mismo sol del día en que había enterrado a mamá y, como entonces, sobre todo me dolían la frente y todas las venas juntas bajo la piel. Impelido por este ardor que no podía soportar más, hice un movimiento hacia adelante. Sabía que era estúpido, que no iba a librarme del sol desplazándome un paso. Pero di un paso, un solo paso hacia adelante. Y esta vez, sin levantarse, el árabe sacó el cuchillo y me lo mostró bajo el sol. La luz se inyectó en el acero y era como una larga hoja centelleante que me alcanzara en la frente. En el mismo instante el sudor amontonado en las cejas corrió de golpe sobre mis párpados y los recubrió con un velo tibio y espeso. Tenía los ojos ciegos detrás de esa cortina de lágrimas y de sal. No sentía más que los címbalos del sol sobre la frente e, indiscutiblemente, la refulgente lámina surgida del cuchillo, siempre delante de mí. La espada ardiente me roía las cejas y me penetraba en los ojos doloridos. Entonces todo vaciló. El mar cargó un soplo espeso y ardiente. Me pareció que el cielo se abría en toda su extensión para dejar que lloviera fuego. Todo mi ser se distendió y crispé la mano sobre el revólver. El gatillo cedió, toqué el vientre pulido de la culata y allí, con el ruido seco y ensordecedor, todo comenzó. Sacudí el sudor y el sol. Comprendí que había destruido el equilibrio del día, el silencio excepcional de una playa en la que había sido feliz. Entonces, tiré aún cuatro veces sobre un cuerpo inerte en el que las balas se hundían sin que se notara. Y era como cuatro breves golpes que daba en la puerta de la desgracia.

SEGUNDA PARTE

I

Inmediatamente después de mi arresto fui interrogado varias veces. Pero se trataba de interrogatorios de identificación que no duraron largo tiempo. La primera vez el asunto pareció no interesar a nadie en la comisaría. Por el contrario, ocho días después el juez de instrucción me miró con curiosidad. Pero me preguntó, para empezar, solamente mi nombre y dirección, mi profesión, la fecha y el lugar de nacimiento. Luego quiso saber si había elegido abogado. Reconocí que no y, simplemente por saber, le pregunté si era absolutamente necesario tener uno. "¿Por qué?", dijo. Le contesté que encontraba el asunto muy simple. Sonrió y dijo: "Es una opinión. Sin embargo, ahí está la ley. Si no elige usted abogado nosotros designaremos uno de oficio". Me pareció muy cómodo que la justicia se encargase de esos detalles. Se lo dije. Estuvo de acuerdo y llegó a la conclusión de que la ley estaba bien hecha.

Al principio no lo tomé en serio. Me recibió en una habitación cubierta de cortinajes; sobre el escritorio había una sola lámpara que iluminaba el sillón donde me hizo sentar mientras él quedaba en la oscuridad. Había leído una descripción semejante en los libros y todo me pareció un juego. Después de nuestra conversación, por el contrario, lo miré y vi un hombre de rasgos finos, ojos azules hundidos, muy alto, con largos bigotes grises y abundantes cabellos casi blancos. Me pareció muy razonable y simpático en resumen, a pesar de algunos tics nerviosos que le estiraban la boca. Cuando salí, hasta iba a tenderle la mano, pero recordé a tiempo que había matado a un hombre.

Al día siguiente un abogado vino a verme a la prisión. Era bajito y grueso, bastante joven, con los cabellos cuidadosamente alisados. A pesar del calor (yo estaba en mangas de camisa) llevaba traje oscuro, cuello palomita y una extraña corbata de gruesas rayas blancas y negras. Puso sobre la cama la cartera que llevaba bajo el brazo, se presentó y me dijo que había estudiado el expediente. El asunto era delicado, pero no dudaba del éxito si le tenía confianza. Le agradecí y me dijo: "Vamos al grano". Se sentó en la cama y me explicó que habían tomado informes sobre mi vida privada. Se había sabido que mi madre había muerto recientemente en el asilo. Se había hecho entonces una investigación en Marengo. Los instructores se habían enterado de que "yo había dado pruebas de insensibilidad" el día del entierro de mamá. "Usted comprenderá", me dijo el abogado, "me molesta un poco tener que preguntarle esto. Pero es muy importante. Si no encuentro alguna propuesta será un sólido argumento para la acusación". Quería que le ayudara. Me preguntó si había sentido pena aquel día. Esta pregunta me sorprendió mucho y me parecía que me habría sentido muy molesto si yo hubiera tenido que formularla. Sin embargo, respondí que había perdido un poco la costumbre de interrogarme y que me era difícil informarle. Sin duda quería mucho a mamá, pero eso no quería decir nada. Todos los seres normales habían deseado más o menos la muerte de aquellos a quienes amaban. Aquí el abogado me interrumpió y pareció muy agitado. Me hizo prometer que no diría tal cosa en la audiencia ni ante el juez instructor. Le expliqué que tenía una naturaleza tal que las necesidades físicas alteraban a menudo mis sentimientos. El día del entierro de mamá estaba muy cansado y tenía sueño, de manera que no me di cuenta de lo que pasaba. Lo que podía afirmar con seguridad es que hubiera preferido que mamá no hubiese muerto. Pero el abogado no pareció conforme. Me dijo: "Eso no es bastante".

Reflexionó. Me preguntó si podía decir que aquel día había dominado mis sentimientos naturales. Le dije: "No, porque es falso". Me miró en forma extraña como si le inspirase un poco de repugnancia. Me dijo casi malignamente que en cualquier caso el director y el personal del asilo serían oídos como testigos y que "podía resultarme una muy mala jugada". Le hice notar que esa historia no tenía relación con mi asunto, pero se limitó a responderme que era evidente que nunca había estado en relaciones con la justicia.

Se fue con aire enfadado. Hubiese querido retenerlo; explicarle que deseaba su simpatía, no para ser defendido mejor, sino, si puedo decirlo, naturalmente. Me daba cuenta sobre todo de que lo ponía en una situación incómoda. No me comprendía y estaba un poco resentido conmigo. Sentía deseos de asegurarle que yo era como todo el mundo, absolutamente como todo el mundo. Pero todo eso en el fondo no tenía gran utilidad y renuncié por pereza.

Poco después me condujeron nuevamente ante el juez de instrucción. Eran las dos de la tarde, y esta vez el escritorio estaba lleno de luz apenas tamizada por una cortina de gasa. Hacía mucho calor. Me hizo sentar y con suma cortesía me declaró que por "un contratiempo" mi abogado no había podido venir. Pero tenía derecho de no contestar a sus preguntas y de esperar a que el abogado pudiese asistirme. Dije que podía contestar solo. Apretó con el dedo un botón sobre la mesa. Un joven escribiente vino a colocarse casi a mis espaldas.

Nos acomodamos ambos en los sillones. Comenzó el interrogatorio. Me dijo en primer término que se me describía como un carácter taciturno y reservado y quiso saber cuál era mi opinión. Respondí: "Nunca tengo gran cosa que decir. Por eso me callo". Sonrió como la primera vez; estuvo de acuerdo en que era la mejor de las razones, y agregó: "Por otra parte, esto no tiene importancia alguna". Se calló, me miró y se irguió bruscamente, diciéndome con rapidez: "Quien me interesa es usted". No comprendí bien qué quería decir con eso y no contesté nada. "Hay cosas", agregó, "que no entiendo en su acto. Estoy seguro de que usted me ayudará a comprenderlas". Dije que todo era muy simple. Me apremió para que describiese el día. Le relaté lo que ya le había contado, resumido para él: Raimundo, la playa, el baño, la reyerta, otra vez la playa, el pequeño manantial, el sol y los cinco disparos de revólver. A cada frase decía: "Bien, bien". Cuando llegué al cuerpo tendido, aprobó diciendo: "Bueno". Me sentía cansado de tener que repetir la misma historia y me parecía que nunca había hablado tanto.

Después de un silencio se levantó y me dijo que quería ayudarme, que yo le interesaba, y que, con la ayuda de Dios, haría algo por mí. Pero antes quería hacerme aún algunas preguntas. Sin transición me preguntó si quería a mamá. Dije: "Sí, como todo el mundo", y el escribiente, que hasta aquí escribía con regularidad en la máquina, debió de equivocarse de tecla, pues quedó confundido y tuvo que volver atrás. Siempre sin lógica aparente el juez me preguntó entonces si había tirado los cinco disparos de revólver uno tras otro. Reflexioné y precisé que había tirado primero una sola vez y, después de algunos segundos, los otros cuatro disparos. "¿Por qué esperó usted entre el primero y el segundo disparo?", dijo entonces. Una vez más reví la playa roja y sentí en la frente el ardor del sol. Pero esta vez no contesté nada. Durante todo el silencio que siguió, el juez pareció agitarse. Se sentó, se revolvió el pelo con las manos, apoyó los codos en el escritorio, y con extraña expresión se inclinó hacia mí: "¿Por qué, por qué tiró usted contra un cuerpo caído?". Tampoco a esto supe responder. El juez se pasó las manos por la frente y repitió la pregunta con voz un poco alterada: "¿Por qué? Es preciso que usted me lo diga. ¿Por qué?". Yo seguía callado.

Bruscamente se levantó, se dirigió a grandes pasos hacia un extremo del despacho y abrió el cajón de un archivo. Extrajo de él un crucifijo de plata que blandió volviendo hacia mí. Y con voz enteramente cambiada, casi trémula, gritó: "¿Conoce usted a Éste?". Dije: "Sí, naturalmente". Entonces me dijo muy de prisa y de un modo apasionado que él creía en Dios y que estaba convencido de que ningún hombre era tan culpable como para que Dios no lo perdonase, pero que para eso era necesario que el hombre, por su arrepentimiento, se volviese como un niño cuya alma está vacía y dispuesta a aceptarlo todo. Se había inclinado con todo el cuerpo sobre la mesa. Agitaba el crucifijo casi sobre mí. A decir verdad, yo había seguido muy mal su razonamiento, ante todo porque tenía calor, porque unos moscardones se posaban en mi cara, y también porque me atemorizaba un poco. Me daba cuenta al mismo tiempo de que era ridículo porque yo era el criminal, después de todo. Sin embargo, continuó. Comprendí más o menos que en su opinión no había más que un punto oscuro en mi confesión: era el hecho de haber esperado para tirar el segundo disparo de revólver. El resto estaba muy bien, pero él no comprendía por qué había esperado.

Iba a decirle que hacía mal en obstinarse: el último punto no tenía tanta importancia. Pero me interrumpió y me exhortó por última vez, irguiéndose entero, y preguntándome si creía en Dios. Contesté que no. Se sentó indignado. Me dijo que era imposible, que todos los hombres creían en Dios, aun aquellos que le volvían la espalda. Tal era su convicción, y si alguna vez llegara a dudar, la vida no tendría sentido. "¿Quiere usted", exclamó, "que mi vida carezca de sentido?" Según mi opinión aquello no me concernía y se lo dije. Entonces me puso el Cristo bajo los ojos por sobre la mesa y gritó en forma irrazonable: "Yo soy cristiano. Pido a Éste el perdón de tus pecados. ¿Cómo puedes no creer que ha sufrido por ti?". Me di perfecta cuenta de que me tuteaba, pero..., también, estaba harto. Cada vez hacía más y más calor. Como siempre que siento deseos de librarme de alguien a quien apenas escucho, puse cara de aprobación. Con gran sorpresa mía, exclamó triunfante: "Ves, ves", decía. "¿No es cierto que crees y que vas a confiarte a Él?" Evidentemente, dije "no" una vez más. Se dejó caer en el sillón.

Parecía muy fatigado. Quedó un momento silencioso mientras la máquina, que no había cesado de seguir el diálogo, prolongaba todavía las últimas frases. En seguida me miró atentamente y con un poco de tristeza. Murmuró: "Nunca he visto un alma tan endurecida como la suya. Los criminales que han comparecido delante de mí han llorado siempre ante esta imagen del dolor". Iba a responder que eso sucedía justamente porque se trataba de criminales. Pero pensé que yo también era criminal. Era una idea a la que no podía acostumbrarme. Entonces el juez se levantó como si quisiera indicarme que el interrogatorio había terminado. Se limitó a preguntarme, con el mismo aspecto de cansancio, si lamentaba el acto que había cometido. Reflexioné y dije que más que pena verdadera sentía cierto aburrimiento. Tuve la impresión de que no me comprendía. Pero aquel día las cosas no fueron más lejos. Después de esto, volví a ver a menudo al juez de instrucción. Pero cada vez estaba acompañado por mi abogado. Se limitaban a hacerme precisar ciertos puntos de las declaraciones precedentes. O el juez discutía los cargos con el abogado. Pero, en verdad, no se ocupaban nunca de mí en esos momentos. Sin embargo, poco a poco cambió el tono de los interrogatorios. Parecía que el juez no se interesaba más por mí y que había archivado el caso, en cierto modo. No me habló más de Dios y no lo volví a ver más con la excitación del primer día. Las entrevistas se hicieron más cordiales. Algunas preguntas, un poco de conversación con el abogado, y los interrogatorios concluían. El asunto seguía su curso, según la propia expresión del juez. Algunas veces también, cuando la conversación era de orden general, me mezclaban en ella. Comenzaba a respirar. Nadie en esos momentos se mostraba malo conmigo. Todo era tan natural, tan bien arreglado, y tan sobriamente representado, que tenía la ridícula impresión de "formar parte de la familia". Y al cabo de los once meses que duró la instrucción, puedo decir que estaba casi asombrado de que mis únicos regocijos hubiesen sido los raros momentos en los que el juez me acompañaba hasta la puerta del despacho, palmeándome el hombro, y diciéndome con aire cordial: "Basta por hoy, señor Anticristo". Entonces me ponían nuevamente en manos de los gendarmes.

II

Hay cosas de las que nunca me ha gustado hablar. Cuando entré en la cárcel comprendí al cabo de algunos días que no me gustaría hablar de esta parte de mi vida. Más tarde dejé de dar importancia a estas repugnancias. En realidad, yo no estaba realmente en la cárcel los primeros días; esperaba vagamente algún nuevo acontecimiento. Todo comenzó después de la primera y única visita de María. Desde el día en que recibí su carta (me decía que no le permitían venir más porque no era mi mujer), desde ese día sentí que la celda era mi casa y que mi vida se detenía allí. El día de mi arresto me encerraron al principio en una habitación donde había varios detenidos, la mayor parte árabes. Al verme, se rieron. Luego me preguntaron qué había hecho. Dije que había matado a un árabe y quedaron silenciosos. Pero un momento después cayó la noche. Me explicaron cómo había que arreglar la estera en la que debía de acostarme. Arrollando uno de los extremos podía hacerse una almohada. Toda la noche me corrieron las chinches en la cara. Algunos días después me aislaron en una celda en la que dormía sobre una tabla de madera. Tenía una cubeta para las necesidades y una jofaina de hierro. La cárcel se hallaba en lo alto de la ciudad y por la pequeña ventana podía ver el mar. Un día en que estaba aferrado a los barrotes, con el rostro extendido hacia la luz, entró un guardián y me dijo que tenía una visita. Se me ocurrió que sería María. Y era ella.

Para ir al locutorio seguí por un largo pasillo, luego una escalera y, para terminar, otro pasillo. Entré en una gran habitación, iluminada por una amplia abertura. La sala estaba dividida en tres partes por dos altas rejas que la cortaban a lo largo. Entre las dos rejas había un espacio de ocho a diez metros que separaba a los visitantes de los presos. Vi a María enfrente de mí, con el vestido a rayas y el rostro tostado. De mi lado había una decena de detenidos, árabes la mayor parte. María estaba rodeada de moras y se encontraba entre dos visitantes, una viejecita de labios apretados, vestida de negro, y una mujer gorda, con la cabeza descubierta, que hablaba muy alto y gesticulaba. Debido a la distancia que había entre las rejas, los visitantes y los presos se veían obligados a hablar muy alto. Cuando entré, el ruido de las voces que rebotaba contra las grandes paredes desnudas de la sala, y la cruda luz que bajaba desde el cielo sobre los vidrios y brotaba en la sala, me causaron una especie de aturdimiento. Mi celda era más tranquila y más oscura. Necesité algunos segundos para adaptarme. Sin embargo, concluí por ver cada rostro con nitidez, destacado a plena luz. Observé que un guardián estaba sentado en el extremo del pasillo entre las dos rejas. La mayor parte de los presos árabes, así como sus familias, estaban en cuclillas frente a frente. Pero no gritaban. A pesar del tumulto lograban entenderse hablando muy bajo. El murmullo sordo, surgido desde abajo, formaba un bajo continuo a las conversaciones que se entrecruzaban por sobre las cabezas. Observé todo rápidamente y avancé hacia María. Pegada ya a la reja me sonreía con toda el alma. La encontré muy bella, pero no supe decírselo.

"¿Qué tal?", me dijo muy alto. "¿Qué tal?, ya lo ves." "¿Estás bien? ¿Tienes todo lo que precisas?" "Sí, todo."

Nos callamos y María seguía sonriendo. La mujer gorda aullaba a mi vecino, sin duda el marido, un sujeto alto, rubio, de mirada franca. Era la continuación de una conversación ya comenzada. "Juana no quiso tomarlo", gritaba a voz en cuello. "Sí, sí", decía el hombre. "Le dije que al salir volverías a llevártelo pero no quiso tomarlo."

María me gritó por su parte que Raimundo me mandaba saludos. Dije: "Gracias", pero mi voz quedó tapada por el vecino que preguntó "si estaba bien". Su mujer rió y dijo "que nunca se había sentido mejor". El vecino de la izquierda, un jovenzuelo de manos finas, no decía nada. Noté que estaba frente a la viejecita y que ambos se miraban con intensidad. Pero no tuve tiempo de observarlos más porque María me gritó que era necesario tener esperanzas. Dije: "Sí". Al mismo tiempo la miraba y tenía deseos de oprimirle el hombro por encima del vestido. Tenía deseos de tocar la tela fina, pues no sabía qué otra cosa podía esperar. Pero sin duda era lo que María quería decir porque seguía sonriendo. Yo no veía más que el brillo de sus dientes y los pequeños pliegues de sus ojos. Gritó de nuevo: "¡Saldrás y nos casaremos!". Respondí: "¿Lo crees?", pero lo dije sobre todo por decir algo. Dijo entonces rápidamente y siempre muy alto que sí, que saldría libre y que volveríamos a bañarnos. Pero la otra mujer aullaba por su lado y decía que había dejado un canasto en la portería. Enumeraba todo lo que había puesto en él. Habría que verificarlo pues todo costaba caro. El otro vecino y su madre seguían mirándose. El murmullo de los árabes continuaba por debajo de nosotros. Afuera, la luz pareció hincharse contra la ventana. Se derramó sobre todos los rostros como un jugo fresco.

Me sentía un poco enfermo y hubiese querido irme. El ruido me hacía daño. Pero, por otro lado, quería aprovechar aún más la presencia de María. No sé cuánto tiempo pasó. María me habló de su trabajo y no cesaba de sonreír. Se cruzaban los murmullos, los gritos y las conversaciones. El único islote de silencio estaba a mi lado, en el muchacho y la anciana que se miraban. Poco a poco los árabes fueron llevados. No bien salió el primero, casi todo el mundo calló. La viejecita se aproximó a los barrotes y, al mismo tiempo, un guardián hizo una señal al hijo. Dijo: "Hasta pronto, mamá", y ella pasó la mano entre dos barrotes para hacerle un saludo lento y prolongado. La viejecita se fue mientras un hombre entraba y ocupaba el lugar, con el sombrero en la mano. Se introdujo a otro preso y hablaron con animación, pero a media voz porque la habitación había vuelto a quedar silenciosa. Vinieron a buscar al vecino de la derecha y su mujer le dijo sin bajar el tono, como si no hubiese notado que ya no era necesario gritar: "¡Cuídate y fíjate en lo que haces!". Luego me llegó el turno. María hizo ademán de besarme. Me volví antes de salir. Permanecía inmóvil, con el rostro apretado contra la reja, con la misma sonrisa abierta y crispada.

Poco después me escribió. Y a partir de ese momento comenzaron las cosas de las que nunca me ha gustado hablar. De todos modos, no se debe exagerar nada y para mí resultó más fácil que para otros. Al principio de la detención lo más duro fue que tenía pensamientos de hombre libre. Por ejemplo, sentía deseos de estar en una playa y de bajar hacia el mar. Al imaginar el ruido de las primeras olas bajo las plantas de los pies, la entrada del cuerpo en el agua y el alivio que encontraba, sentía de golpe cuánto se habían estrechado los muros de la prisión. Pero esto duró algunos meses. Después no tuve sino pensamientos de presidiarios. Esperaba el paseo cotidiano que daba por el patio o la visita del abogado. Disponía muy bien el resto del tiempo. Pensé a menudo entonces que si me hubiesen hecho vivir en el tronco de un árbol seco, sin otra ocupación que la de mirar la flor del cielo sobre la cabeza, me habría acostumbrado poco a poco. Hubiese esperado el paso de los pájaros y el encuentro de las nubes como esperaba aquí las curiosas corbatas de mi abogado y como, en otro mundo, esperaba pacientemente el sábado para estrechar el cuerpo de María. Después de todo, pensándolo bien, no estaba en un árbol seco. Había otros más desgraciados que yo. Por otra parte, mamá tenía la idea, y la repetía a menudo, de que uno acaba por acostumbrarse a todo.

En cuanto a lo demás, en general no iba tan lejos. Los primeros meses fueron duros. Pero precisamente el esfuerzo que debía hacer ayudaba a pasarlos. Por ejemplo, estaba atormentado por el deseo de una mujer. Era natural: yo era joven. No pensaba nunca en María particularmente. Pero pensaba de tal manera en una mujer, en las mujeres, en todas las que había conocido, en todas las circunstancias en las que las había amado, que la celda se llenaba con todos sus rostros y se poblaba con mis deseos. En cierto sentido esto me desequilibraba. Pero en otro, mataba el tiempo. Había concluido por ganar la simpatía del guardián jefe que acompañaba al mozo de la cocina a la hora de las comidas. Él fue quien primero me habló de mujeres. Me dijo que era la primera cosa de la que se quejaban los otros. Le dije que yo era como ellos y que encontraba injusto este tratamiento.

—Pero —dijo—, precisamente para eso los ponen a ustedes en la cárcel.

—¿Cómo, para eso?

—Pues sí. La libertad es eso. Se les priva de la libertad.

Nunca había pensado en ello. Asentí:

—Es verdad —le dije—, si no, ¿dónde estaría el castigo?

—Sí, usted comprende las cosas. Los demás no. Pero concluyen por satisfacerse por sí mismos.

El guardián se marchó en seguida.

Hubo también los cigarrillos. Cuando entré en la cárcel me quitaron el cinturón, los cordones de los zapatos, la corbata y todo lo que llevaba en los bolsillos, especialmente los cigarrillos. Una vez en la celda pedí que me los devolvieran. Pero se me dijo que estaba prohibido. Los primeros días fueron muy duros. Quizá haya sido esto lo que más me abatió. Chupaba trozos de madera que arrancaba de la tabla de la cama, soportaba durante todo el día una náusea perpetua. No comprendía por qué me privaban de aquello que no hacía mal a nadie. Más tarde comprendí que también formaba parte del castigo. Pero ya me había acostumbrado a no fumar más y ese castigo había dejado de ser tal para mí. Fuera de estas molestias no me sentía demasiado desgraciado. Una vez más todo el problema consistía en matar el tiempo. A partir del instante en que aprendí a recordar, concluí por no aburrirme en absoluto. Me ponía a veces a pensar en mi cuarto, y, con la imaginación, salía de un rincón para volver detallando mentalmente todo lo que encontraba en el camino. Al principio lo hacía rápidamente. Pero cada vez que volvía a empezar era un poco más largo. Recordaba cada mueble, y de cada uno, cada objeto que en él se encontraba, y de cada objeto, todos los detalles, y de los detalles, una incrustación, una grieta o un borde gastado, los colores y las imperfecciones. Al mismo tiempo ensayaba no perder el hilo del inventario, hacer una enumeración completa. Es cierto que fue al cabo de algunas semanas, pero podía pasar horas nada más que con enumerar lo que se encontraba en mi cuarto. Así, cuanto más reflexionaba, más cosas desconocidas u olvidadas extraía de la memoria. Comprendí entonces que un hombre que no hubiera vivido más que un solo día podía vivir fácilmente cien años en una cárcel. Tendría bastantes recuerdos para no aburrirse. En cierto sentido era una ventaja. Existía también el sueño. Al principio dormía mal por la noche y nada durante el día. Poco a poco las noches fueron mejores y pude también dormir de día. Puedo decir que en los últimos meses dormía de dieciséis a dieciocho horas por día. Me quedaban por lo tanto seis horas para matar con la comida, las necesidades naturales, los recuerdos y la historia del checoslovaco.

Entre el jergón y la tabla de la cama había encontrado, en efecto, casi pegado al género, un viejo trozo de periódico, amarillento y transparente. Relataba un hecho policial cuyo comienzo faltaba pero que había debido ocurrir en Checoslovaquia. Un hombre había partido de un pueblo checo para hacer fortuna. Al cabo de veinticinco años había regresado rico, con su mujer y un hijo. La madre y una hermana dirigían un hotel en el pueblo natal. Para sorprenderlas, había dejado a la mujer y al hijo en otro establecimiento y había ido a casa de la madre, que no lo había reconocido cuando entró. Por broma, se le ocurrió tomar una habitación. Había mostrado el dinero. Durante la noche, la madre y la hermana lo habían asesinado a martillazos para robarle y habían arrojado el cuerpo al río. Por la mañana había venido la mujer y, sin saberlo, había revelado la identidad del viajero. La madre se había ahorcado. La hermana se había arrojado a un pozo. Debo de haber leído esta historia miles de veces. Por un lado era inverosímil; por otro, era natural. De todos modos, me parecía que el viajero lo había merecido en parte y que nunca se debe jugar.

Así pasó el tiempo, con las horas de sueño, los recuerdos, la lectura del hecho policial y la alternación de la luz y de la sombra. Había leído que en la cárcel se concluía por perder la noción del tiempo. Pero no tenía mucho sentido para mí. No había comprendido hasta qué punto los días podían ser a la vez largos y cortos. Largos para vivirlos sin duda, pero tan distendidos que concluían por desbordar unos sobre los otros. Perdían el nombre. Las palabras ayer y mañana eran las únicas que conservaban un sentido para mí.

Cuando un día el guardián me dijo que estaba allí desde hacía cinco meses, le creí, pero no lo comprendí. Para mí era el mismo día que se desarrollaba sin cesar en la celda y la misma tarea que proseguía. Ese día, después de la partida del guardián, me miré en el agua de la escudilla. Me pareció que mi imagen continuaba seria, aun cuando ensayaba sonreír. La agité delante de mí. Sonreí y conservó el mismo aire severo y triste. El día concluía y era la hora de la que no quiero hablar, la hora sin nombre, en la que los ruidos de la noche subían desde todos los pisos de la cárcel en un cortejo de silencio. Me acerqué a la claraboya y con la última luz contemplé una vez más mi imagen. Seguía siempre seria y nada tenía de sorprendente pues en ese momento yo lo estaba también. Pero al mismo tiempo, y por primera vez desde hacía largos meses, oí distintamente el sonido de mi voz. Reconocí que era la que resonaba desde hacía muchos días en mi oído y comprendí que durante todo ese tiempo había hablado solo. Recordé entonces lo que decía la enfermera en el entierro de mamá. No, no había escapatoria y nadie puede imaginar lo que son las noches en las cárceles.

III

Puedo decir que, en rigor, el verano reemplazó muy pronto a la primavera. Sabía que con la subida de los primeros calores sobrevendría algo nuevo para mí. Mi proceso estaba inscripto para la última reunión del Tribunal, que se realizaría en el mes de junio. La audiencia comenzó mientras afuera el sol estaba en su plenitud. El abogado me había asegurado que no duraría más de dos o tres días. "Por otra parte", había agregado, "el Tribunal tendrá prisa porque su asunto no es el más importante de la audiencia. Hay un parricidio que pasará inmediatamente después".

A las siete y media de la mañana vinieron a buscarme y el coche celular me condujo al Palacio de Justicia. Los dos gendarmes me hicieron entrar en una habitación pequeña que olía a humedad. Esperamos sentados cerca de una puerta tras la cual se oían voces, llamamientos, ruidos de sillas y todo un bullicio que me hizo pensar en esas fiestas de barrio en las que se arregla la sala para poder bailar después del concierto. Los gendarmes me dijeron que era necesario esperar al Tribunal y uno de ellos me ofreció un cigarrillo, que rechacé. Me preguntó poco después si estaba nervioso. Respondí que no. Y aun, en cierto sentido, me interesaba ver un proceso. No había tenido nunca ocasión de hacerlo en mi vida. "Sí", dijo el segundo gendarme, "pero concluye por cansar".

Después de un momento un breve campanilleo sonó en la pieza. Me quitaron entonces las esposas. Abrieron la puerta y me hicieron entrar al lugar de los acusados. La sala estaba llena de bote en bote. A pesar de las cortinas, el sol se filtraba por algunas partes y el aire estaba sofocante. Habían dejado los vidrios cerrados. Me senté y los gendarmes me rodearon. En ese momento vi una fila de rostros delante de mí. Todos me miraban: comprendí que eran los jurados. Pero no puedo decir en qué se diferenciaban unos de otros. Sólo tuve una impresión: estaba delante de una banqueta de tranvía y todos los viajeros anónimos espiaban al recién llegado para notar lo que tenía de ridículo. Sé perfectamente que era una idea tonta, pues allí no buscaban el ridículo, sino el crimen. Sin embargo, la diferencia no es grande y, en cualquier caso, es la idea que se me ocurrió.

Estaba un poco aturdido también ante tanta gente en la sala cerrada. Miré otra vez hacia el público y no distinguí ningún rostro. Creo que al principio no me había dado cuenta de que toda esa gente se apretujaba para verme. Generalmente, los demás no se ocupaban de mi persona. Me costó un esfuerzo comprender que yo era la causa de toda esa agitación. Dije al gendarme: "¡Cuánta gente!". Me respondió que era por los periódicos y me mostró un grupo que estaba cerca de un mesa, debajo del estrado de los jurados. Me dijo: "Ahí están". Pregunté: "¿Quiénes?", y repitió: "Los periódicos". Conocía a uno de los periodistas, que lo vio en ese momento y se dirigió hacia nosotros. Era un hombre ya bastante entrado en años, simpático, con una cara gesticulosa. Estrechó la mano del gendarme con mucho calor. Noté en ese momento que toda la gente se reunía, se interpelaba y conversaba como en un club donde es agradable encontrarse entre personas del mismo mundo. Me expliqué también la extraña impresión que sentía de estar de más, de ser un poco intruso. Sin embargo, el periodista se dirigió a mí, sonriente. Me dijo que esperaba que todo saliera bien para mí. Le agradecí, y agregó: "Usted sabe, hemos hinchado un poco el asunto. El verano es la estación vacía para los periódicos. Y lo único que valía algo era su historia y la del parricida". Me mostró en seguida, en el grupo que acababa de dejar, a un hombrecillo que parecía una comadreja cebada con enormes gafas de aro negro. Me dijo que era el enviado especial de un diario de París: "No ha venido por usted, desde luego. Pero como está encargado de informar acerca del proceso del parricida, se le ha pedido que le telegrafíe sobre su asunto al mismo tiempo". Ahí, otra vez, estuve a punto de agradecerle. Pero pensé que sería ridículo. Me hizo un breve ademán cordial con la mano y nos dejó. Esperamos aún algunos minutos.

Llegó el abogado, de toga, rodeado de muchos otros colegas. Fue hacia los periodistas y dio algunos apretones de mano. Bromearon, rieron, y parecían sentirse muy a su gusto, hasta el momento en que el campanilleo sonó en la sala. Todos volvieron a sus lugares. El abogado vino hacia mí, me estrechó la mano y me aconsejó que contestara brevemente a las preguntas que se me formularan, que no tomara la iniciativa y que confiara en él para todo lo demás.

Oí el ruido de una silla que hacían retroceder a la izquierda y vi a un hombre alto, delgado, vestido de rojo, con lentes, que se sentaba arreglando cuidadosamente la toga. Era el Procurador. Un ujier anunció la presencia del Tribunal. En el mismo momento comenzaron a zumbar dos enormes ventiladores. Tres jueces, dos de negro y el tercero de rojo, entraron con expedientes y caminaron rápidamente hacia el estrado que dominaba la sala. El hombre de toga roja se sentó en el sillón del centro, colocó el birrete delante de sí, se enjugó el pequeño cráneo calvo con un pañuelo y declaró que la audiencia quedaba abierta.

Los periodistas tenían ya la estilográfica en la mano. Aparentaban todos el mismo aire indiferente y un poco zumbón. Sin embargo, uno de ellos, mucho más joven, vestido de franela gris con corbata azul, había dejado la estilográfica delante de sí y me miraba. En su rostro un poco asimétrico no veía más que los dos ojos, muy claros, que me examinaban atentamente, sin expresar nada definible. Y tuve la singular impresión de ser mirado por mí mismo. Quizá haya sido por esto, o también porque no conocía las costumbres del lugar, pero no comprendí claramente todo lo que ocurrió en seguida, el sorteo de los jurados, las preguntas planteadas por el Presidente al abogado, al Procurador y al Jurado (cada vez todas las cabezas de los jurados se volvían al mismo tiempo hacia el Tribunal), una rápida lectura del acta de acusación, en la que reconocía nombres de lugares y de personas, y nuevas preguntas al abogado.

El Presidente dijo que iba a proceder al llamado de los testigos. El ujier leyó unos nombres que me atrajeron la atención. Del seno del público, informe un momento antes, vi levantarse uno por uno, para desaparecer en seguida por una puerta lateral, al director y al portero del asilo, al viejo Tomás Pérez, a Raimundo, a Masson, a Salamano y a María. Ésta me hizo una ligera seña ansiosa. Estaba asombrado aún de no haberlos visto antes, cuando al llamado de su nombre se levantó el último: Celeste. Reconocí a su lado a la mujercita del restaurante con la chaqueta y el aire preciso y decidido. Me miraba con intensidad. Pero no tuve tiempo de reflexionar porque el Presidente tomó la palabra. Dijo que iba a comenzar la verdadera audiencia y que creía inútil recomendar al público que conservara la calma. Según él, estaba allí para dirigir con imparcialidad la audiencia de un asunto que quería considerar con objetividad. La sentencia dictada por el Jurado sería adoptada con espíritu de justicia y, en cualquier caso, haría desalojar la sala al menor incidente.

El calor aumentaba. En la sala los asistentes se abanicaban con los periódicos, lo que producía un leve ruido continuo de papel arrugado. El Presidente hizo una señal y el ujier trajo tres abanicos de paja trenzada que los tres jueces utilizaron inmediatamente.

El interrogatorio comenzó en seguida. El Presidente me preguntó con calma y me pareció que aun con un matiz de cordialidad. Se me hizo declarar otra vez sobre mi identidad y, a pesar de mi irritación, pensé que en el fondo era bastante natural porque sería muy grave juzgar a un hombre por otro. Luego el Presidente volvió a comenzar el relato de lo que yo había hecho, dirigiéndose a mí cada tres frases para preguntarme: "¿Es así?". Cada vez respondí: "Sí, señor Presidente", según las instrucciones del abogado. Esto fue largo porque el Presidente era muy minucioso en su relato. Entretanto, los periodistas escribían. Yo sentía la mirada del periodista más joven y de la pequeña autómata. La banqueta de tranvía se había vuelto toda entera hacia el Presidente. Éste tosió, hojeó el expediente y se volvió hacia mí abanicándose.

Me dijo que debía abordar ahora cuestiones aparentemente extrañas al asunto, pero que quizá lo tocasen bien de cerca. Comprendí que iba a hablarme otra vez de mamá y sentí al mismo tiempo cuánto me aburría. Me preguntó por qué había puesto a mamá en el asilo. Contesté que porque carecía de dinero para hacerla atender y cuidar. Me preguntó si me había costado personalmente y contesté que ni mamá ni yo esperábamos nada el uno del otro, ni de nadie por otra parte, y que ambos nos habíamos acostumbrado a nuestras nuevas vidas. El Presidente dijo entonces que no quería insistir sobre este punto y preguntó al Procurador si no tenía otra pregunta que formularme.

El Procurador estaba medio vuelto de espaldas hacia mí y, sin mirarme, declaró que, con la autorización del Presidente, querría saber si yo había vuelto al manantial con la intención de matar al árabe. "No", dije. "Entonces, ¿por qué estaba armado y por qué volver a ese lugar precisamente?" Dije que era el azar. Y el Procurador señaló con acento cruel: "Nada más por el momento". Todo fue en seguida un poco confuso, por lo menos para mí. Pero después de algunos conciliábulos el Presidente declaró que la audiencia quedaba levantada y transferida hasta la tarde para recibir la declaración de los testigos. No tuve tiempo de reflexionar. Se me llevó, se me hizo subir al coche celular y se me condujo a la cárcel, donde comí. Al cabo de muy poco tiempo, exactamente el necesario para darme cuenta de que estaba cansado, volvieron a buscarme: todo comenzó de nuevo y me encontré en la misma sala, delante de los mismos rostros. Sólo que el calor era mucho más intenso y, como por milagro, cada uno de los jurados, el Procurador, el abogado y algunos periodistas estaban también provistos de abanicos de paja. El periodista joven y la mujercita estaban siempre allí. Pero no se abanicaban y seguían mirándome sin decir nada.

Me enjugué el sudor que me cubría el rostro y recobré un poco la conciencia del lugar y de mí mismo sólo cuando oí llamar al director del asilo. Le preguntaron si mamá se quejaba de mí y dijo que sí, pero que sus pensionistas tenían un poco la manía de quejarse de los parientes. El Presidente le hizo precisar si ella me reprochaba el haberla puesto en el asilo, y el director dijo otra vez que sí. Pero esta vez no agregó nada. A otra pregunta contestó que había quedado sorprendido de mi calma el día del entierro. Le preguntaron qué entendía por calma. El director miró entonces la punta de sus zapatos y dijo que yo no había querido ver a mamá, que no había llorado ni una sola vez y que después del entierro había partido en seguida, sin recogerme ante su tumba. Otra cosa le había sorprendido: un empleado de pompas fúnebres le había dicho que yo no sabía la edad de mamá. Hubo un momento de silencio, y el Presidente le preguntó si estaba seguro que era de mí de quien había hablado. Como el director no comprendía la pregunta, le dijo: "Así lo dispone la ley". Luego el Presidente preguntó al Abogado General si quería interrogar al testigo, y el Procurador gritó: "¡Oh, no, es suficiente!", con tal ostentación y tal mirada triunfal hacia mi lado que por primera vez desde hacía muchos años tuve un estúpido deseo de llorar porque sentí cuánto me detestaba toda esa gente.

Después de haber preguntado al Jurado y al abogado si tenían preguntas que formular, el Presidente oyó al portero. Para él, como para todos los demás, se repitió el mismo ceremonial. Cuando llegó, el portero me miró y apartó la vista. Respondió a las preguntas que se le formularon. Dijo que yo no había querido ver a mamá, que había fumado, que había dormido y tomado café con leche. Sentí entonces que algo agitaba a toda la sala y por primera vez comprendí que era culpable. Hicieron repetir al portero la historia del café con leche y la del cigarrillo. El Abogado General me miró con brillo irónico en los ojos. En ese momento el abogado preguntó al portero si no había fumado conmigo. Pero el Procurador se opuso violentamente a esta pregunta: "¿Quién es aquí el criminal y cuáles son los métodos que consisten en manchar a los testigos de la acusación para desvirtuar testimonios que no por eso resultan menos aplastantes?". Pese a todo, el Presidente ordenó al portero que respondiese a la pregunta. El viejo dijo con aire cohibido: "Sé perfectamente que hice mal. Pero no me atreví a rehusar el cigarrillo que el señor me ofreció". En último lugar, me preguntaron si no tenía nada que agregar. "Nada", respondí, "solamente que el testigo tiene razón. Es verdad que le ofrecí un cigarrillo". El portero me miró entonces con un poco de asombro y una especie de gratitud. Vaciló; luego dijo que era él quien me había ofrecido el café con leche. El abogado triunfó ruidosamente y declaró que los jurados apreciarían. Pero el Procurador atronó sobre nuestras cabezas y dijo: "Sí. Los señores jurados apreciarán. Y llegarán a la conclusión de que un extraño podía proponer tomar café, pero que un hijo debía rechazarlo delante del cuerpo de la que le había dado la vida". El portero volvió a su asiento. Cuando llegó el turno a Tomás Pérez, un ujier tuvo que sostenerlo hasta la barra. Pérez dijo que había conocido principalmente a mi madre y que no me había visto más que una vez, el día del entierro. Le preguntaron qué había hecho yo ese día, y respondió: "Ustedes comprenderán; me sentía demasiado apenado, de manera que nada vi. La pena me impedía ver. Porque era para mí una pena muy grande. Y hasta me desmayé. De manera que no pude ver al señor". El Abogado General le preguntó si por lo menos me había visto llorar. Pérez respondió que no. El Procurador dijo entonces a su vez: "Los señores jurados apreciarán". Pero el abogado se había enfadado. Preguntó a Pérez en un tono que me pareció exagerado, "si había visto que yo no hubiera llorado". Pérez dijo: "No". El público rió. Y el abogado, recogiendo una de las mangas, dijo con tono perentorio: "¡He aquí la imagen de este proceso! ¡Todo es cierto y nada es cierto!". El Procurador tenía el rostro impenetrable y clavaba la punta del lápiz en los rótulos de los expedientes.

Después de cinco minutos de suspensión durante los cuales el abogado me dijo que todo iba bien, se oyó que la defensa citaba a Celeste. La defensa era yo. Celeste echaba miradas hacia mi lado de cuando en cuando y daba vueltas a un panamá entre las manos. Llevaba el traje nuevo que se ponía para ir conmigo algunos domingos a las carreras de caballos. Pero creo que no había podido ponerse el cuello porque llevaba solamente un botón de cobre para mantener cerrada la camisa. Le preguntaron si yo era cliente suyo, y dijo: "Sí, pero también era un amigo"; lo que pensaba de mí, y respondió que yo era un hombre; qué entendía por eso, y declaró que todo el mundo sabía lo que eso quería decir; si había notado que era reservado y se limitó a reconocer que yo no hablaba para decir nada. El Abogado General le preguntó si yo pagaba regularmente la pensión. Celeste se rió y declaró: "Esos eran detalles entre nosotros". Le preguntaron otra vez qué pensaba de mi crimen. Apoyó entonces las manos en la barra y se veía que había preparado alguna respuesta. Dijo: "Para mí, es una desgracia. Todo el mundo sabe lo que es una desgracia. Lo deja a uno sin defensa. Y bien: para mí es una desgracia". Iba a continuar, pero el Presidente le dijo que estaba bien y que se le agradecía. Entonces Celeste quedó un poco perplejo. Pero declaró que quería decir algo más. Se le pidió que fuese breve. Repitió aún que era una desgracia. Y el Presidente dijo: "Sí, de acuerdo. Pero estamos aquí para juzgar desgracias de este género. Muchas gracias". Como si hubiese llegado al colmo de su sabiduría y de su buena voluntad, Celeste se volvió entonces hacia mí. Me pareció que le brillaban los ojos y le temblaban los labios. Parecía preguntarme qué más podía hacer. Yo no dije nada, no hice gesto alguno, pero es la primera vez en mi vida que sentí deseos de besar a un hombre. El Presidente le ordenó otra vez que abandonara la barra. Celeste fue a sentarse en el escaño. Durante todo el resto de la audiencia quedó allí, un poco inclinado hacia adelante, con los codos en las rodillas, el panamá sobre las manos, oyendo todo lo que se decía.

María entró. Se había puesto sombrero y todavía estaba hermosa. Pero me gustaba más con la cabeza descubierta. Desde el lugar en que estaba adivinaba el ligero peso de sus senos y reconocía el labio inferior siempre un poco abultado. Parecía muy nerviosa. Le preguntaron en seguida desde cuándo me conocía. Indicó la época en que trabajaba con nosotros. El Presidente quiso saber cuáles eran sus relaciones conmigo. Dijo que era mi amiga. A otra pregunta, contestó que era cierto que debía casarse conmigo. El Procurador, que hojeaba un expediente, le preguntó con tono brusco cuándo comenzó nuestra unión. Ella indicó la fecha. El Procurador señaló con aire indiferente que le parecía que era el día siguiente al de la muerte de mamá. Luego dijo con ironía que no querría insistir sobre una situación delicada; que comprendía muy bien los escrúpulos de María, pero (y aquí su acento se volvió más duro) que su deber le ordenaba pasar por encima de las conveniencias. Pidió pues a María que resumiera el día en el que yo la había conocido. María no quería hablar, pero ante la insistencia del Procurador recordó el baño, la ida al cine y el regreso a mi casa. El Abogado General dijo que después de las declaraciones de María en el sumario de instrucción había consultado los programas de esa fecha. Agregó que la propia María diría qué película pasaban entonces. Con voz inaudible María indicó que en efecto era una película de Fernandel. Cuando concluyó, el silencio era completo en la sala. El Procurador se levantó entonces muy gravemente y con voz que me pareció verdaderamente conmovida, el dedo tendido hacia mí, articuló lentamente: "Señores jurados: al día siguiente de la muerte de su madre este hombre tomaba baños, comenzaba una unión irregular e iba a reír con una película cómica. No tengo nada más que decir". Volvió a sentarse, siempre en medio del silencio. Pero de golpe María estalló en sollozos; dijo que no era así, que había otra cosa, que la forzaban a decir lo contrario de lo que pensaba, que me conocía bien y que no había hecho nada malo. Pero el ujier, a una señal del Presidente, la llevó y la audiencia prosiguió.

En seguida se escuchó, pero apenas, a Masson, quien declaró que yo era un hombre honrado, "y que diría más, era un hombre bueno". Apenas se escuchó también a Salamano cuando recordó que había tratado bien a su perro y cuando respondió a una pregunta sobre mi madre y sobre mí diciendo que yo no tenía nada más que decir a mamá y que por eso la había puesto en el asilo. "Hay que comprender", decía Salamano, "hay que comprender". Pero nadie parecía comprender. Se lo llevaron.

Luego llegó el turno a Raimundo, que era el último testigo. Me hizo una ligera señal y dijo al instante que yo era inocente. Pero el Presidente declaró que no se le pedían apreciaciones, sino hechos. Lo invitó a esperar las preguntas para responder. Le hicieron precisar sus relaciones con la víctima. Raimundo aprovechó para decir que era a él a quien este último odiaba desde que había abofeteado a su hermana. Sin embargo, el Presidente le preguntó si la víctima no tenía algún motivo para odiarme. Raimundo dijo que mi presencia en la playa era fruto de la casualidad. Entonces el Procurador le preguntó cómo era que la carta origen del drama había sido escrita por mí. Raimundo respondió que era una casualidad. El Procurador redarguyó que la casualidad tenía ya muchas fechorías sobre su conciencia en este asunto. Quiso saber si era por casualidad que yo no había intervenido cuando Raimundo abofeteó a su amante; por casualidad que yo había servido de testigo en la comisaría; por casualidad aun que mis declaraciones con motivo de ese testimonio habían resultado de pura complacencia. Para concluir, preguntó a Raimundo cuáles eran sus medios de vida, y como el último respondiera: "guardalmacén", el Abogado General declaró a los jurados que el testigo ejercía notoriamente el oficio de proxeneta. Yo era su cómplice y su amigo. Se trataba de un drama crapuloso de la más baja especie, agravado por el hecho de tener delante a un monstruo moral. Raimundo quiso defenderse y el abogado protestó, pero se le dijo que debía dejar terminar al

Procurador. Éste dijo: "Tengo poco que agregar. ¿Era amigo suyo?", preguntó a Raimundo. "Sí", dijo éste, "era mi camarada". El Abogado General me formuló entonces la misma pregunta y yo miré a Raimundo, que no apartó la vista. Respondí: "Sí". El Procurador se volvió hacia el Jurado y declaró: "El mismo hombre que al día siguiente al de la muerte de su madre se entregaba al desenfreno más vergonzoso mató por razones fútiles y para liquidar un incalificable asunto de costumbres inmorales".

Volvió a sentarse. Pero el abogado, al tope de la paciencia, gritó levantando los brazos de manera que las mangas al caer descubrieron los pliegues de la camisa almidonada. "En fin, ¿se lo acusa de haber enterrado a su madre o de haber matado a un hombre?" El público rió. El Procurador se reincorporó una vez más, se envolvió en la toga y declaró que era necesario tener la ingenuidad del honorable defensor para no advertir que entre estos dos órdenes de hechos existía una relación profunda, patética, esencial. "Sí", gritó con fuerza, "yo acuso a este hombre de haber enterrado a su madre con corazón de criminal". Esta declaración pareció tener considerable efecto sobre el público. El abogado se encogió de hombros y enjugó el sudor que le cubría la frente. Pero él mismo parecía vencido y comprendí que las cosas no iban bien para mí.

Todo fue muy rápido después. La audiencia se levantó. Al salir del Palacio de Justicia para subir al coche reconocí en un breve instante el olor y el color de la noche de verano. En la oscuridad de la cárcel rodante encontré uno por uno, surgidos de lo hondo de mi fatiga, todos los ruidos familiares de una ciudad que amaba y de cierta hora en la que ocurríame sentirme feliz. El grito de los vendedores de diarios en el aire calmo de la tarde, los últimos pájaros en la plaza, el pregón de los vendedores de emparedados, la queja de los tranvías en los recodos elevados de la ciudad y el rumor del cielo antes de que la noche caiga sobre el puerto, todo esto recomponía para mí un itinerario de ciego, que conocía bien antes de entrar a la cárcel. Sí, era la hora en la que, hace ya mucho tiempo, me sentía contento. Entonces me esperaba siempre un sueño ligero y sin pesadillas. Y sin embargo, había cambiado, pues a la espera del día siguiente fue la celda lo que volví a encontrar. Como si los caminos familiares trazados en los cielos de verano pudiesen conducir tanto a las cárceles como a los sueños inocentes.

IV

Aun en el banquillo de los acusados es siempre interesante oír hablar de uno mismo. Durante los alegatos del Procurador y del abogado puedo decir que se habló mucho de mí y quizá más de mí que de mi crimen. ¿Eran muy diferentes, por otra parte, esos alegatos? El abogado levantaba los brazos y defendía mi culpabilidad, pero con excusas. El Procurador tendía las manos y denunciaba mi culpabilidad, pero sin excusas. Una cosa, empero, me molestaba vagamente. Pese a mis preocupaciones estaba a veces tentado de intervenir y el abogado me decía entonces: "Cállese, conviene más para la defensa". En cierto modo parecían tratar el asunto con prescindencia de mí. Todo se desarrollaba sin mi intervención. Mi suerte se decidía sin pedirme la opinión. De vez en cuando sentía deseos de interrumpir a todos y decir: "Pero, al fin y al cabo, ¿quién es el acusado? Es importante ser el acusado. Y yo tengo algo que decir". Pero pensándolo bien no tenía nada que decir. Por otra parte, debo reconocer que el interés que uno encuentra en atraer la atención de la gente no dura mucho. Por ejemplo, el alegato del Procurador me fatigó muy pronto. Sólo me llamaron la atención o despertaron mi interés fragmentos, gestos o tiradas enteras, pero separadas del conjunto.

Si he comprendido bien, el fondo de su pensamiento es que yo había premeditado el crimen. Por lo menos, trató de demostrarlo. Como él mismo decía: "Lo probaré, señores, y lo probaré doblemente. Bajo la deslumbrante claridad de los hechos, en primer término, y en seguida, en la oscura iluminación que me proporcionará la psicología de esta alma criminal". Resumió los hechos a partir de la muerte de mamá. Recordó mi insensibilidad, mi ignorancia sobre la edad de mamá, el baño del día siguiente con una mujer, el cinematógrafo, Fernandel, y, por fin, el retorno con María. Necesité tiempo para comprenderlo en ese momento porque decía "su amante" y para mí ella era María. Después se refirió a la historia de Raimundo. Me pareció que su manera de ver los hechos no carecía de claridad. Lo que decía era plausible. De acuerdo con Raimundo yo había escrito la carta que debía atraer a la amante y entregarla a los malos tratos de un hombre de "dudosa moralidad". Yo había provocado en la playa a los adversarios de Raimundo. Éste había resultado herido. Yo le había pedido el revólver. Había vuelto sólo para utilizarlo. Había abatido al árabe, tal como lo tenía proyectado. Había tirado una vez. Había esperado. Y "para estar seguro de que el trabajo estaba bien hecho", había tirado aún cuatro balas, serenamente, con el blanco asegurado, de una manera, en cierto modo, premeditada.

"Y bien, señores", dijo el Abogado General. "Acabo de reconstruir delante de ustedes el hilo de acontecimientos que condujo a este hombre a matar con pleno conocimiento de causa. Insisto en esto", dijo, "pues no se trata de un asesinato común, de un acto irreflexivo que ustedes podrían considerar atenuado por las circunstancias. Este hombre, señores, este hombre es inteligente. Ustedes lo han oído, ¿no es cierto? Sabe contestar. Conoce el valor de las palabras. Y no es posible decir que ha actuado sin darse cuenta de lo que hacía".

Yo escuchaba y oía que se me juzgaba inteligente. Pero no comprendía bien cómo las cualidades de un hombre común podían convertirse en cargos aplastantes contra un culpable. Por lo menos, era esto lo que me chocaba y no escuché más al Procurador hasta el momento en que le oí decir: "¿Acaso ha demostrado por lo menos arrepentimiento? Jamás, señores. Ni una sola vez en el curso de la instrucción este hombre ha parecido conmovido por su abominable crimen". En ese momento se volvió hacia mí, me señaló con el dedo, y continuó abrumándome sin que pudiera comprender bien por qué. Sin duda no podía dejar de reconocer que tenía razón. No lamentaba mucho mi acto. Pero tanto encarnizamiento me asombraba. Hubiese querido tratar de explicarle cordialmente, casi con cariño, que nunca había podido sentir verdadero pesar por cosa alguna. Estaba absorbido siempre por lo que iba a suceder, por hoy o por mañana. Pero naturalmente, en el estado en que se me había puesto, no podía hablar a nadie en ese tono. No tenía derecho de mostrarme afectuoso, ni de tener buena voluntad. Y traté de escuchar otra vez porque el Procurador se puso a hablar de mi alma.

Decía que se había acercado a ella y que no había encontrado nada, señores jurados. Decía que, en realidad, yo no tenía alma en absoluto y que no me era accesible ni lo humano, ni uno solo de los principios morales que custodian el corazón de los hombres. "Sin duda", agregó, "no podríamos reprochárselo. No podemos quejarnos de que le falte aquello que no es capaz de adquirir. Pero cuando se trata de este Tribunal, la virtud enteramente negativa de la tolerancia debe convertirse en la menos fácil pero más elevada de la justicia. Sobre todo cuando el vacío de un corazón, tal como se descubre en este hombre, se transforma en un abismo en el que la sociedad puede sucumbir". Habló entonces de mi actitud para con mamá. Repitió lo que había dicho en las audiencias anteriores. Pero estuvo mucho más largo que cuando hablaba del crimen; tan largo que finalmente no sentí más que el calor de la mañana. Por lo menos hasta el momento en que el Abogado General se detuvo y, después de un momento de silencio, volvió a comenzar con voz muy baja y muy penetrante: "Este mismo Tribunal, señores, va a juzgar mañana el más abominable de los crímenes: la muerte de un padre". Según él, la imaginación retrocedía ante este atroz atentado. Osaba esperar que la justicia de los hombres castigaría sin debilidad. Pero, no temía decirlo, el horror que le inspiraba este crimen cedía casi frente al que sentía delante de mi insensibilidad. Siempre según él, un hombre que mataba moralmente a su madre se sustraía de la sociedad de los hombres por el mismo título que el que levantaba la mano asesina sobre el autor de sus días. En todos los casos, el primero preparaba los actos del segundo y, en cierto modo, los anunciaba y los legitimaba. "Estoy persuadido, señores", agregó alzando la voz, "de que no encontrarán ustedes demasiado audaz mi pensamiento si digo que el hombre que está sentado en este banco es también culpable de la muerte que este Tribunal deberá juzgar mañana. Debe ser castigado en consecuencia". Aquí el Procurador se enjugó el rostro brillante de sudor. Dijo en fin que su deber era penoso, pero que lo cumpliría firmemente. Declaró que yo no tenía nada que hacer en una sociedad cuyas reglas más esenciales desconocía y que no podía invocar al corazón humano cuyas reacciones elementales ignoraba. "Os pido la cabeza de este hombre", dijo, "y os la pido con el corazón tranquilo. Pues si en el curso de mi ya larga carrera me ha tocado reclamar penas capitales, nunca tanto como hoy he sentido este penoso deber compensado, equilibrado, ilusionado por la conciencia de un imperioso y sagrado mandamiento y por el horror que siento delante del rostro de un hombre en el que no leo más que monstruosidades".

Cuando el Procurador volvió a sentarse hubo un momento de silencio bastante largo. Yo me sentía aturdido por el calor y el asombro. El Presidente tosió un poco, y con voz muy baja me preguntó si no tenía nada que agregar. Me levanté, y como tenía deseos de hablar, dije, un poco al azar por otra parte, que no había tenido intención de matar al árabe. El Presidente contestó que era una afirmación, que hasta aquí no había comprendido bien mi sistema de defensa y que, antes de oír a mi abogado, le complacería que precisara los motivos que habían inspirado mi acto. Mezclando un poco las palabras y dándome cuenta del ridículo, dije rápidamente que había sido a causa del sol. En la sala hubo risas. El abogado se encogió de hombros e inmediatamente después le concedieron la palabra. Pero declaró que era tarde, que tenía para varias horas y que pedía la suspensión de la audiencia hasta la tarde. El Tribunal consintió.

Por la tarde los grandes ventiladores seguían agitando la espesa atmósfera de la sala y los pequeños abanicos multicolores de los jurados se movían todos en el mismo sentido. Me pareció que el alegato del abogado no debía terminar jamás. Sin embargo, en un momento dado, escuché que decía: "Es cierto que yo maté". Luego continuó en el mismo tono, diciendo "yo" cada vez que hablaba de mí. Yo estaba muy asombrado. Me incliné hacia un gendarme y le pregunté por qué. Me dijo que me callara y después de un momento agregó: "Todos los abogados hacen eso". Pensé que era apartarme un poco más del asunto, reducirme a cero y, en cierto sentido, sustituirme. Pero creo que estaba ya muy lejos de la sala de audiencias. Por otra parte, el abogado me pareció ridículo. Alegó muy rápidamente la provocación y luego también habló de mi alma. Pero me pareció que tenía mucho menos talento que el Procurador. "También yo", dijo, "me he acercado a esta alma, pero al contrario del eminente representante del Ministerio Público, he encontrado algo, y puedo decir que he leído en ella como en un libro abierto". Había leído que yo era un hombre honrado, trabajador asiduo, incansable, fiel a la casa que me empleaba, querido por todos y compasivo con las desgracias ajenas. Para él yo era un hijo modelo que había sostenido a su madre tanto tiempo como había podido. Finalmente había esperado que una casa de retiro daría a la anciana las comodidades que mis medios no me permitían procurarle. "Me asombra, señores", agregó, "que se haya hecho tanto ruido alrededor del asilo. Pues, en fin, si fuera necesario dar una prueba de la utilidad y de la grandeza de estas instituciones, habría que decir que es el Estado mismo quien las subvenciona". Pero no habló del entierro, y advertí que faltaba en su alegato. Como consecuencia de todas estas largas frases, de todos estos días y horas interminables durante los cuales se había hablado de mi alma, tuve la impresión de que todo se volvía un agua incolora en la que encontraba el vértigo.

Al final, sólo recuerdo que desde la calle y a través de las salas y de los estrados, mientras el abogado seguía hablando, oí sonar la corneta de un vendedor de helados. Fui asaltado por los recuerdos de una vida que ya no me pertenecía más, pero en la que había encontrado las más pobres y las más firmes de mis alegrías: los olores de verano, el barrio que amaba, un cierto cielo de la tarde, la risa y los vestidos de María. Me subió entonces a la garganta toda la inutilidad de lo que estaba haciendo en ese lugar, y no tuve sino una urgencia: que terminaran cuanto antes para volver a la celda a dormir. Apenas oí gritar al abogado, para concluir, que los jurados no querrían enviar a la muerte a un trabajador honrado, perdido por un minuto de extravío, y aducir las circunstancias atenuantes de un crimen cuyo castigo más seguro era el remordimiento eterno que arrastraba ya. El Tribunal suspendió la audiencia y el abogado volvió a sentarse con aspecto agotado. Pero sus colegas se acercaron a él para estrecharle la mano. Oí decir: "¡Magnífico, querido amigo!". Uno de ellos hasta pidió mi aprobación: "¿No es cierto?", me dijo. Asentí, pero el cumplido no era sincero porque yo estaba demasiado cansado.

Afuera declinaba el día y el calor era menos intenso. Por ciertos ruidos de la calle, que oía, adivinaba la suavidad de la tarde. Estábamos todos allí esperando. Y lo que esperábamos juntos en realidad sólo me concernía a mí. Volví a mirar a la sala. Todo estaba como en el primer día. Encontré la mirada del periodista de la chaqueta gris y de la mujer autómata. Lo que me hizo pensar que durante todo el proceso no había buscado a María con la mirada. No la había olvidado, pero tenía demasiado que hacer. La vi entre Celeste y Raimundo. Me hizo un pequeño ademán como si dijera: "¡Por fin!", y vi sonreír su rostro un poco ansioso. Pero sentía cerrado el corazón y ni siquiera pude responder a su sonrisa.

El Tribunal volvió. Rápidamente leyeron una serie de preguntas a los jurados. Oí "culpable de muerte...", "provocación...", "circunstancias atenuantes". Los jurados salieron y se me llevó a la pequeña habitación en la que ya había esperado. El abogado vino a reunírseme; estaba muy voluble y me habló con más confianza y cordialidad; como no lo había hecho nunca. Creía que todo iría bien y que saldría con algunos años de prisión o de trabajos forzados. Le pregunté si había perspectiva de casación en caso de fallo desfavorable. Me dijo que no. Su táctica había sido no proponer conclusiones para no indisponer al Jurado. Me explicó que no se casaba un fallo como ése por nada. Me pareció evidente y admití sus razones. Si se consideraba el asunto fríamente era perfectamente lógico. En caso contrario, habría demasiado papelerío inútil. "De todos modos", me dijo el abogado, "queda la apelación. Pero estoy seguro de que el fallo será favorable".

Esperamos mucho tiempo, creo que cerca de tres cuartos de hora. Al cabo, un campanilleo sonó. El abogado me dejó, diciendo: "El Presidente del Jurado va a leer las respuestas. Sólo lo llamarán cuando se pronuncie el fallo". Se oyó golpear las puertas. La gente corría por las escaleras y yo no sabía si estaban próximas o alejadas. Luego oí una voz sorda que leía algo en la sala. Cuando volvió a sonar el campanilleo, la puerta del lugar de los acusados se abrió y el silencio de la sala subió hacia mí, el silencio y la singular sensación que sentí al comprobar que el joven periodista había apartado la mirada. No miré en dirección a María. No tuve tiempo porque el Presidente me dijo en forma extraña que, en nombre del pueblo francés, se me cortaría la cabeza en una plaza pública. Me pareció reconocer entonces el sentimiento que leía en todos los rostros. Creo que era consideración. Los gendarmes se mostraban muy suaves conmigo. El abogado me tomó la mano. Yo no pensaba más en nada. El Presidente me preguntó si no tenía nada que agregar. Reflexioné. Dije: "No". Entonces me llevaron.

V

Por tercera vez he rehusado recibir al capellán. No tengo nada que decirle, no tengo ganas de hablar, demasiado pronto tendré que verlo. En este momento me interesa escapar del engranaje, saber si lo inevitable puede tener salida. Me han cambiado de celda. Desde ésta, cuando me tiendo, veo el cielo, y no veo más que el cielo. Todos los días transcurren mirando en su rostro el declinar de los colores que llevan del día a la noche. Acostado, pongo las manos debajo de la cabeza y espero. No sé cuántas veces me he preguntado si habrá ejemplos de condenados a muerte que se hayan librado del engranaje implacable, desaparecido antes de la ejecución, roto el cordón de los agentes. Me he reprochado ahora el no haber prestado suficiente atención a los relatos de ejecuciones. Uno siempre debería de interesarse por esos temas. No se sabe nunca lo que puede ocurrir. Como todo el mundo, yo había leído informaciones en los periódicos. Pero existían, sin duda, obras especiales que nunca tuve curiosidad de consultar. Quizás en ellas habría encontrado relatos de evasiones. Me hubiera enterado de que, en un caso por lo menos, la rueda se había detenido; de que en su precipitación irresistible, el azar y la posibilidad, por una vez, al menos, habían cambiado alguna cosa. ¡Una sola vez! En cierto sentido, creo que eso me hubiera bastado. Mi corazón habría hecho el resto. Los periódicos hablaban a menudo de una deuda para con la sociedad que, según ellos, era necesario pagar. Pero esto no habla a la imaginación. Lo que interesa es la posibilidad de evasión, un salto fuera del rito implacable, una loca carrera que ofrece todas las posibilidades de esperanza. Naturalmente, la esperanza consistía en ser abatido de un balazo en la esquina de una calle, en plena carrera. Pero, bien considerado todo, ese lujo no me estaba permitido, todo me lo prohibía, el engranaje me enganchaba nuevamente.

A pesar de mi buena voluntad no podía aceptar esta certidumbre insolente. Pues, al fin y al cabo, existía una desproporción ridícula entre el fallo que la había creado y su desarrollo imperturbable a partir del momento en que el fallo había sido pronunciado. El hecho de haber sido leída la sentencia a las veinte en lugar de a las diecisiete, el hecho de que hubiera podido ser otra, de que había sido dictada por hombres que cambian la ropa interior, de que había sido dada en nombre de una noción tan imprecisa como la del pueblo francés (o alemán o chino), me parecía que todo quitaba mucha seriedad a la decisión. Empero, me veía obligado a reconocer que, a partir del momento en que había sido dictada, sus efectos se volvían tan reales y tan serios como la presencia del muro contra el que aplastaba mi cuerpo en toda su extensión.

Recordé en esos momentos una historia que mamá me contaba a propósito de mi padre. Yo no lo había conocido. Todo lo que sabía de concreto sobre ese hombre era quizá lo que me decía mamá. Había ido a ver ejecutar a un asesino. Se sentía enfermo con la simple perspectiva de ir. Fue, sin embargo, y al regreso había estado vomitando parte de la mañana. Mi padre me producía un poco de repugnancia entonces. Ahora comprendo que era tan natural. ¡Cómo no advertí que no había nada más importante que una ejecución capital y que, en cierto sentido, era aún la única cosa realmente interesante para un hombre! Si alguna vez saliera de esta cárcel, iría a ver todas las ejecuciones capitales. Creo que me hacía mal pensar en tal posibilidad. Pues ante la idea de verme libre una mañana temprano, detrás de un cordón de agentes, de alguna manera del otro lado, ante la idea de ser el espectador que viene a ver y que podrá vomitar después, una ola de alegría envenenada me subía al corazón. Pero no era razonable. Hacía mal en abandonarme a estas suposiciones, porque un instante después sentía un frío tan atroz que me encogía bajo la manta. Los dientes me castañeteaban sin que pudiera evitarlo.

Pero, naturalmente, no siempre se puede ser razonable. Otras veces, por ejemplo, hacía proyectos de ley. Reformaba las penas. Me había dado cuenta de que lo esencial era dar una posibilidad al condenado. Una sola entre mil bastaba para arreglar muchas cosas. Y me parecía que podía encontrarse alguna combinación química cuya absorción matara al paciente (el paciente, pensaba yo) nueve veces sobre diez. La condición sería que él lo supiera. Pues, pensándolo bien, considerando las cosas con calma, comprobaba que lo defectuoso de la cuchilla era que no dejaba ninguna posibilidad, absolutamente ninguna. En suma, la muerte del paciente había sido resuelta de una vez por todas. Era un asunto archivado, una combinación definitiva, un acuerdo decidido sobre el cual no se podía volver a discutir. Si por alguna eventualidad inesperada el golpe fallaba, se volvía a empezar. En consecuencia, lo fastidioso era que el condenado tenía que desear el buen funcionamiento de la máquina. He dicho que es el lado defectuoso. Es verdad, en un sentido. Pero en otro sentido me veía obligado a reconocer que ahí estaba todo el secreto de una buena organización. En suma: el condenado estaba obligado a colaborar moralmente. Por su propio interés todo debía marchar sin tropiezos.

Me veía obligado a comprobar también que hasta aquí había tenido sobre estos temas ideas que no eran acertadas. Durante mucho tiempo (no sé por qué) creí que para ir a la guillotina era necesario subir a un cadalso, trepar por escalones. Creo que fue por la Revolución de 1789, quiero decir, por todo lo que me habían enseñado o hecho ver sobre estos temas. Pero una mañana recordé que había visto una fotografía publicada por los periódicos con motivo de una ejecución de resonancia. En realidad, la máquina estaba colocada en el suelo mismo, en la forma más simple del mundo. Era mucho más angosta de lo que yo creía. Era bastante curioso que no lo hubiese advertido antes. La máquina me había llamado la atención en el clisé por su aspecto de obra de precisión, concluida y reluciente. Uno se forma siempre ideas exageradas de lo que no conoce. Ahora debía comprobar, por el contrario, que todo era muy sencillo; la máquina está al mismo nivel del hombre que camina hacia ella. El hombre se reúne con ella tal como camina al encuentro de una persona. En cierto sentido, también esto era fastidioso. La subida al cadalso, con el ascenso en pleno cielo, permitía a la imaginación aferrarse. Mientras que aquí la mecánica aplastaba todo: mataban a uno discretamente, con un poco de vergüenza y mucho de precisión.

Había también dos cosas sobre las que reflexionaba todo el tiempo: el alba y la apelación. Sin embargo, razonaba y trataba de no pensar más en ellas. Me tendía, miraba al cielo y me esforzaba por interesarme. Se volvía verde: era la noche. Hacía aún un esfuerzo para desviar el curso de mis pensamientos. Oía el corazón. No podía imaginar que aquel leve ruido que me acompañaba desde hacía tanto tiempo pudiese cesar nunca. Nunca he tenido verdadera imaginación. Sin embargo, trataba de construir el segundo determinado en que el latir del corazón no se prolongaría más en mi cabeza. Pero en vano. El alba o la apelación estaban allí. Concluía por decirme que era más razonable no contenerme.

Sabía que vendrían al alba. En suma, pasé las noches esperando el alba. Nunca me ha gustado ser sorprendido. Cuando me sucede algo, prefiero estar prevenido. Concluí, pues, por no dormir sino un poco de día y durante todo el transcurso de las noches esperé pacientemente que la luz naciera sobre el vidrio del cielo. Lo más difícil era la hora incierta en la que, como yo sabía, acostumbraban operar. Después de medianoche, esperaba y acechaba. Mis oídos nunca habían percibido tantos ruidos, ni distinguido sonidos tan tenues. Puedo decir, por otra parte, que en cierto modo tuve suerte durante este período pues jamás oí paso alguno. Mamá decía a menudo que nunca se es completamente desgraciado. Yo le daba razón en la cárcel, cuando el cielo se coloreaba y un nuevo día deslizábase en la celda. Porque también hubiera podido oír pasos y mi corazón habría podido estallar. Aun así el menor roce me arrojaba contra la puerta; aun así, con el oído pegado a la madera, esperaba desesperadamente hasta oír mi propia respiración, espantado de encontrarla ronca y tan parecida al estertor de un perro, al fin de cuentas el corazón no estallaba y había ganado otra vez veinticuatro horas.

Durante el día tenía la apelación. Creo que saqué el mejor partido de esta idea. Calculaba los resultados y obtenía el mayor rendimiento de mis reflexiones. Tomaba siempre la peor posibilidad: la apelación era rechazada. "Y bien, tendré que morir." Antes que otros, es evidente. Pero todo el mundo sabe que la vida no vale la pena de ser vivida. En el fondo, no ignoraba que morir a los treinta años o a los setenta importa poco, pues, naturalmente, en ambos casos, otros hombres y otras mujeres vivían y así durante miles de años. En suma, nada podía ser más claro. Era siempre yo quien moriría, ahora o dentro de veinte años. En este punto, me molestaba un poco en el razonamiento el salto terrible que sentía dentro de mí pensando en veinte años de vida por venir. Pero lo reprimía imaginando cómo serían mis pensamientos dentro de veinte años, cuando a pesar de todo llegase el momento. Desde que uno debe morir, es evidente que no importa cómo ni cuándo. Por consiguiente (y lo difícil era no perder de vista todo lo que este "por consiguiente" representaba en el razonar), por consiguiente, debía aceptar el rechazo de la apelación.

En ese momento, únicamente en ese momento, tenía por así decir el *derecho*, me concedía en cierto modo el permiso de considerar la segunda hipótesis: me indultaban. Era fastidioso tener que dominar la fogosidad del impulso de la sangre y del cuerpo, que me hacía arder los ojos con una alegría insensata. Era necesario dedicarme a ahogar el grito, a analizarlo. Era necesario mantenerme natural aun en esta hipótesis, para hacer más plausible la resignación frente a la primera. Cuando lo conseguía, había ganado una hora de calma. En cualquier caso valía la pena considerarlo.

En un momento así me negué una vez más a recibir al capellán. Estaba acostado y por cierta rubia claridad del cielo adivinaba la proximidad de la tarde de verano. Acababa de rechazar la apelación y podía sentir las olas de sangre circular regularmente dentro de mí. No tenía necesidad de ver al capellán. Por primera vez después de mucho tiempo pensé en María. Hacía muchos días que no me escribía. Esa tarde reflexioné y me dije que quizá se habría cansado de ser la amante de un condenado a muerte. También se me ocurrió la idea de que quizás estuviese enferma o muerta. Estaba dentro del orden de las cosas. ¿Cómo habría podido saberlo yo puesto que fuera de nuestros cuerpos, ahora separados, nada nos ligaba ni nos recordaba el uno al otro? Por otra parte, a partir de ese momento, el recuerdo de María me hubiera sido indiferente. Muerta, no me interesaba más. Me parecía cosa normal, tal como comprendía que la gente me olvidara después de mi muerte. No tenía nada más que hacer conmigo. Ni siquiera podía decir que fuera duro pensar así. En el fondo no existe idea a la que uno no concluya por acostumbrarse.

En ese preciso momento entró el capellán. Cuando lo vi, sentí un ligero estremecimiento. Él lo notó y me dijo que no tuviera miedo. Le dije que su costumbre era venir a otra hora. Me respondió que era una visita amistosa que no tenía nada que ver con la apelación, de la que no sabía nada. Se sentó en el camastro y me invitó a acercarme más a él. Me negué. A pesar de todo, me parecía muy amable.

Quedó un momento sentado, con los antebrazos en las rodillas, la cabeza baja, mirándose las manos. Eran finas y musculosas; me hacían pensar en dos ágiles animalitos. Las frotó lentamente, una contra la otra. Luego quedó así, con la cabeza siempre baja, durante tanto tiempo que en cierto momento tuve la impresión de que lo había olvidado.

Pero levantó la cabeza bruscamente y me miró de frente: "¿Por qué", me dijo, "rehúsa usted mis visitas?". Contesté que no creía en Dios. Quiso saber si estaba bien seguro y le dije que yo mismo no tenía para qué preguntármelo; me parecía una cuestión sin importancia. Se echó entonces hacia atrás y se recostó contra el muro, con las manos en los muslos. Casi sin que pareciera hablarme, observó que a veces uno creía estar seguro cuando, en realidad, no lo estaba. Yo no decía nada. Me miró y me preguntó: "¿Qué piensa usted?". Contesté que quizá fuera así. Quizá no estaba seguro de lo que me interesaba realmente, pero, en todo caso, estaba completamente seguro de lo que no me interesaba. Y, justamente, lo que él me decía no me interesaba.

Volvió la mirada y, siempre sin cambiar de posición, me preguntó si no hablaba así por exceso de desesperación. Le expliqué que no estaba desesperado. Simplemente tenía miedo, era bien natural. "Entonces Dios lo ayudará", hizo notar. "Todos cuantos he conocido en su caso han vuelto a Él." Reconocí que estaban en su derecho. Probaba también que tenían tiempo para hacerlo. En cuanto a mí no quería que me ayudaran y precisamente no tenía tiempo para interesarme en lo que no me interesaba.

En ese instante sus manos hicieron un ademán de impaciencia, pero se enderezó y arregló los pliegues de la sotana. Cuando hubo terminado, se dirigió a mí llamándome "amigo mío"; si me hablaba así no era porque estuviese condenado a muerte; según su opinión estábamos todos condenados a muerte. Pero lo interrumpí diciéndole que no era la misma cosa y que, por otra parte, en ningún caso podía ser un consuelo. "Es cierto", asintió, "pero usted morirá más tarde si no muere pronto. El mismo problema se le planteará entonces. ¿Cómo afrontará usted la terrible prueba?" Repuse que la afrontaría exactamente como la afrontaba en ese momento.

Ante estas palabras se levantó y me miró directamente a los ojos. Es un juego que conozco bien. Me divertía a menudo haciéndolo con Manuel y Celeste y, generalmente, eran ellos quienes apartaban la mirada. También el capellán conocía bien el juego; lo comprendí en seguida. Su mirada no vaciló. Y su voz tampoco vaciló cuando me dijo: "¿No tiene usted, pues, esperanza alguna y vive pensando que va a morir por entero?". "Sí", le respondí.

Bajó entonces la cabeza y volvió a sentarse. Me dijo que me compadecía. Juzgaba imposible que un hombre pudiese soportar esto. Yo sentí solamente que él comenzaba a aburrirme. Me aparté a mi vez y fui hacia la claraboya. Me apoyé con el hombro contra la pared. Sin seguirlo bien, oí que comenzaba a interrogarme otra vez. Hablaba con voz inquieta y apremiante. Comprendí que estaba emocionado y lo escuché con más atención.

Me decía que tenía la certeza de que la apelación sería resuelta favorablemente, pero que yo cargaba con el peso de un pecado del que debía librárseme. Según él, la justicia de los hombres no significaba nada y la justicia de Dios, todo. Hice notar que era la primera la que me había condenado. Me contestó que, mientras tanto, esa justicia no había lavado mi pecado. Le dije que no sabía qué era un pecado. Se me había hecho saber, solamente, que era culpable, pagaba, no se me podía pedir más. En ese momento se levantó de nuevo y pensé que en una celda tan estrecha no podía moverse aunque quisiera. Sólo podía sentarse o levantarse.

Yo tenía los ojos clavados en el suelo. Dio un paso hacia mí y se detuvo, como si no osara avanzar. Miraba al cielo a través de los barrotes.

—Se engaña usted, hijo mío —me dijo—, podrían pedirle más. Se lo pedirán quizá.

—¿Y qué, pues?

—Podrían pedirle que viera.

—¿Que viera qué?

El sacerdote miró alrededor y respondió con voz que me pareció súbitamente muy vencida:

—Sé que todas estas piedras sudan dolor. Nunca las he mirado sin angustia. Pero, desde lo hondo del corazón, sé que los más desdichados de ustedes han visto surgir de su oscuridad un rostro divino. Se le pide a usted que vea ese rostro.

Me animé un poco. Dije que hacía meses que miraba estas murallas. No existía en el mundo nada ni nadie que conociera mejor. Quizá, hace mucho tiempo, había buscado allí un rostro. Pero ese rostro tenía el color del sol y la llama del deseo: era el de María. Lo había buscado en vano. Ahora, se acabó. Y, en todo caso, no había visto surgir nada de este sudor de piedra.

El capellán me miró con cierta tristeza. Yo estaba ahora completamente pegado a la muralla y el día me corría sobre la frente. Dijo algunas palabras que no oí y me preguntó rápidamente si le permitía besarme. "No", contesté. Se volvió hacia la pared y la palpó lentamente con la mano. "¿Ama usted esta tierra hasta ese punto?", murmuró. No respondí nada.

Quedó vuelto bastante tiempo. Su presencia me pesaba y me molestaba. Iba a decirle que se marchara, que me dejara, cuando gritó de golpe en una especie de estallido, volviéndose hacia mí: "¡No, no puedo creerle! ¡Estoy seguro de que ha llegado usted a desear otra vida". Le contesté que naturalmente era así, pero no tenía más importancia que desear ser rico, nadar muy rápido, o tener una boca mejor hecha. Era del mismo orden. Me interrumpió y quiso saber cómo veía yo esa otra vida. Entonces le grité: "¡Una vida en la que pudiera recordar ésta!", e inmediatamente le dije que era suficiente. Quería aún hablarme de Dios, pero me adelanté hacia él y traté de explicarle por última vez que me quedaba poco tiempo. No quería perderlo con Dios. Ensayó cambiar de tema preguntándome por qué lo llamaba "señor" y no "padre". Eso me irritó y le contesté que no era mi padre: que él estaba con los otros.

"No, hijo mío", dijo poniéndome la mano sobre el hombro. "Estoy con usted. Pero no puede darse cuenta porque tiene el corazón ciego. Rogaré por usted."

Entonces, no sé por qué, algo se rompió dentro de mí. Me puse a gritar a voz en cuello y lo insulté y le dije que no rogara y que más le valía arder que desaparecer. Lo había tomado por el cuello de la sotana. Vaciaba sobre él todo el fondo de mi corazón con impulsos en que se mezclaban el gozo y la cólera. Parecía estar tan seguro, ¿no es cierto? Sin embargo, ninguna de sus certezas valía lo que un cabello de mujer. Ni siquiera estaba seguro de estar vivo, puesto que vivía como un muerto. Me parecía tener las manos vacías. Pero estaba seguro de mí, seguro de todo, más seguro que él, seguro de mi vida y de esta muerte que iba a llegar. Sí, no tenía más que esto. Pero, por lo menos, poseía esta verdad, tanto como ella me poseía a mí. Yo había tenido razón, tenía todavía razón, tenía siempre razón. Había vivido de tal manera y hubiera podido vivir de tal otra. Había hecho esto y no había hecho aquello. No había hecho tal cosa en tanto que había hecho esta otra. ¿Y después? Era como si durante toda la vida hubiese esperado este minuto... y esta brevísima alba en la que quedaría justificado. Nada, nada tenía importancia, y yo sabía bien por qué. También él sabía por qué. Desde lo hondo de mi porvenir, durante toda esta vida absurda que había llevado, subía hacia mí un soplo oscuro a través de los años que aún no habían llegado, y ese soplo igualaba a su paso todo lo que me proponían entonces, en los años no más reales que los que estaba viviendo. ¡Qué me importaban la muerte de los otros, el amor de una madre! ¡Qué me importaban su Dios, las vidas que uno elige, los destinos que uno escoge, desde que un único destino debía de escogerme a mí y conmigo, a millares de privilegiados que, como él, se decían hermanos míos! ¿Comprendía, comprendía pues? Todo el mundo era privilegiado. No había más que privilegiados. También a los otros los condenarían un día. También a él lo condenarían. ¿Qué importaba si acusado de una muerte lo ejecutaban por no haber llorado en el entierro de su madre? El perro de Salamano valía tanto como su mujer. La mujercita autómata era tan culpable como la parisiense que se había casado con Masson, o como María, que había deseado casarse conmigo. ¿Qué importaba que Raimundo fuese compañero mío tanto como Celeste, que valía más que él? ¿Qué importaba que María diese hoy su boca a un nuevo Meursault? Comprendía, pues, este condenado, que desde lo hondo de mi porvenir... Me ahogaba gritando todo eso. Pero ya me quitaban al capellán de entre las manos y los guardianes me amenazaban. Sin embargo, él los calmó y me miró en silencio. Tenía los ojos llenos de lágrimas. Se volvió y desapareció.

En cuanto salió, recuperé la calma. Me sentía agotado y me arrojé sobre el camastro. Creo que dormí porque me desperté con las estrellas sobre el rostro. Los ruidos del campo subían hasta mí. Olores a noche, a tierra y a sal me refrescaban las sienes. La maravillosa paz de este verano adormecido penetraba en mí como una marea. En ese momento y en el límite de la noche, aullaron las sirenas. Anunciaban partidas hacia un mundo que ahora me era para siempre indiferente. Por primera vez desde hacía mucho tiempo pensé en mamá. Me pareció que comprendía por qué, al final de su vida, había tenido un "novio", por qué había jugado a comenzar otra vez. Allá, allá también, en torno de ese asilo en el que las vidas se extinguían, la noche era como una tregua melancólica. Tan cerca de la muerte, mamá debía de sentirse allí liberada y pronta para revivir todo. Nadie, nadie tenía derecho de llorar por ella. Y yo también me sentía pronto a revivir todo. Como si esta tremenda cólera me hubiese purgado del mal, vaciado de esperanza, delante de esta noche cargada de presagios y de estrellas, me abría por primera vez a la tierna indiferencia del mundo. Al encontrarlo tan semejante a mí, tan fraternal, en fin, comprendía que había sido feliz y que lo era todavía. Para que todo sea consumado, para que me sienta menos solo, me quedaba esperar que el día de mi ejecución haya muchos espectadores y que me reciban con gritos de odio.